午前三時のサーチライト 豊田道倫

午前三時のサーチライト 豊田道倫

写真＝豊田道倫

目次

赤い腕時計の女

女が死んだと知ったのはTwitterを開いた時だった。
去年会った女。
いや、会ったというべきか、女は歌うたいであったからライブを聴きに行った。
死んだことにほとんど驚いていない自分がいた。

京都のライブハウスの店員でもあった女は自分が出演した時にそこで会っていたはずだが、
その記憶は全くない。
ある時、大阪で終演後のライブハウスに飲みに友人と立ち寄った際に酔ってひどく陽気な女がいて、大声で話しかけられて驚いた。

「好きなんですよー」と言われたが、一応シンガーソングライターの先輩である自分への社交辞令に聞こえた。先輩後輩って意識するのはくだらないことだけど。

その時の陽気さにひるんでしまったが後からふと女のことが気になって、知り合いに女のことを聞くと普段ライブハウスで働いている時はどちらかというと内気なくらいで、酒が入ると豹変すると知った。様々な夜の武勇伝がありそうだけど、その部分には興味がなかった。酒の力で何か引き起こすことは知らなくていい。ただ、高知出身であることはちゃんとインプットした。激しく生きるひとなんだろうなと。

かつてはメジャーレーベルからアルバムを出していた女の歌をYouTubeで探して聴いていた。昭和歌謡の匂いや、いかにもというフォーキーな佇まいは好みではなかったけれど、ハットを被って背筋を伸ばして歌う女の立ち姿は格好良かった。歌手としての技量はそこらのプロに引けを取らない。ベタだけど洒脱さがあり、骨太なひとだなと思った。

京都でライブをする機会がありその時に共演出来たらと思い、TwitterのDMから連絡してみた。日程が合わなくて実現出来なかったけれど、文面だとまるで堅い事務員のような女の言葉とのやり取りからは素はシャイで丁寧なひとなんだと知った。

いつかどこかで共演出来るんだろうなと思っていた。


去年の春、大阪に越していきなりコロナ禍となり夜は街に出ることもほとんどなかったが、隣の区の西成は近いので時々自転車で出掛けることがあった。

夏のある夜、自分も演奏したことがある立ち飲み屋で女のライブがあることを知った。その日は息子の学習塾の入塾の説明があり、先にそれを済ませてから向かった。

ライブは二部制で、二部が始まってから少し過ぎた頃に店に入った。

観客はおっさん達が十人くらいか、コロナのせいか、普段からこんなものなのかわからないけれど、狭い店なので十人もお客さんがいたら、何となく埋まってる感じにはなる。

女はスタッフや観客と軽口を叩きながら歌っていた。酒場のライブだなと思いながら、少し客観的になりながらもその雰囲気と流れに身をゆだねて聴いた。白いアコースティック・ギターの音はあんまり良く鳴っていなかった。弦はしばらく交換していないんだろうと思った。

それでも背筋が良く声も出てる。ただ、女の顔がこんなに老けてたっけと思った。五十となった自分よりも少し若いくらいかなと思っていたが今回の訃報で女の年齢を知ったら、まだ四十代前半だった。酒が顔を老けさせていたのだろうか。あるいは別の要因があったのかもしれない。

演奏が終わり、投げ銭の籠が回ってきた。思っていたよりいい歌が聴けなかったので、五百円玉一枚のみを入れた。他のおっさん客らは千円札をガンガン入れていた。そこからお店の取り分を除いても、一日の稼ぎとしてはそこそこ悪くない金額になったのではと思った。

女はこの店では何度も歌っているので、おっさん客らには顔なじみなようで人気があった。一緒に飲む明るい女はどこでもひとに好かれるのはわかる。

しばらくしたらジュースを飲んでいる自分のところにやって来て、「大阪に戻って来たんですね。知らなかったです。今度対バンしましょうよ」と言われたが、酒の入った女の軽い言葉が肌に居心地悪くて、「百年早いわ」とつい言ってしまった。

女のように酒場で歌い、酔客に愛される歌い手を馬鹿にしているわけではない。そのような場でしか生まれない何かがあるし、それは自分にはないものなのであるけど、一緒にライブをやる気持ちにはその時はなれなかった。

女は少し不貞腐れたのか猫のようにさっと離れて、なじみのお客さんに酒を奢ってもらえるのかそっちに行った。おっさん客のひとりはApple Watchをはめていた。ここ、西成の釜ヶ崎で飲んでいるひとがこの辺りの住民かどうかはわからない。気分を味わいに離れた町から足を運んでいる小金持ちの遊び人も多いように思う。

しばらくしてまた戻って来た。今度はお互いの近況、今のコロナ禍での活動のことなど軽く話した。

「あなたは結婚とか、子供、家族とか興味ないいんだよね」

「うん、いらん」

「いいね、存分に生きれるし、飲める」

「うん」

投げ銭で飲める金は稼いだはずなのに、お客さんにまた酒をご馳走になることを狙っている女だったが、その目当てのお客さんが誰かとちょっとした口論になっていてそれを諌めようとしていた。

「あんなんほっとけばいいよ」と自分は言ったが、「彼から酒をご馳走にならなあかんねん」と女は言っていた。酒飲みの強欲さに少し呆れたが、これが酒場の流儀なのかとも思った。男と女、おっさんと歌い手の女との間の。

しばらくして、「じゃ、帰るわ」と言った自分を店の前まで送ってくれた女は「道倫さん、またね」とはじめて名前で呼んだ。自分もつい「麻紀さん、元気で」と返した。

ほんの一瞬だったが歌い手同士になれた気がした。

そのまま真っすぐ帰らず自転車でアーケイドをうろうろしていたら、おっさん客の自転車の後ろに横座りに乗って、駅に向かう女を見た。京都に帰るにはそろそろ終電の時間だった。

ギターを抱えて横座りに乗る女はしたたかに酔っていて、子供のように無邪気に幸せそうに見えた。

女がはめていた腕時計は赤いプラスチック製のものだった。大人の女性なら身に着けないような安い物に見えたが、それを着けて京都から大阪に歌いに来た女の気持ちはどんなものだったのだろうか。歌い手として誇りを持っていたはずだ。赤い腕時計はそんな顔つきをしていた。

今となっては、ただただ淋しい。

タール一ミリのメンソール

中南海のタール一ミリのメンソール。

この煙草しか吸いたくない。なかなか売っていない銘柄で、自宅から距離は少しあるが新世界の煙草屋まで買いに行く。

通天閣の下にある煙草屋。

いつもパンチパーマの愛想の良いおばちゃんがカウンターの奥に立っている。

「パンチパーマの大阪のおばちゃん」と言えば、青木雄二の漫画『ナニワ金融道』に出てくるようなえげつないおばはんを想像すると思うが、彼女の派手な服のさり気ない上質さと、それをまとう肌質が良いことは何度か通っているうちに気づいていた。それなりに自分も歳を取ったということだろう。

時々彼女の代わりに立っているのはおそらくご主人だろう、背が高くいつも正装していて髪を綺麗に撫でつけている。

煙草屋はコロナ禍であることはあまり関係ないのだろうか。

実情を知る術はないが、きっと良い家に住んでいて仲の良い夫婦だなあと思う。


そのすぐ近くの純喫茶は最近急に人気が出て満席の時もあり、よく店の前でお客さんが並んでいる。若者達の間で純喫茶ブームというものがあるらしく、女子達がわらわらと集まって、メロンクリームソーダなんかを写真に撮っている。店の外観も蔦に覆われていて、確かに本物のレトロな喫茶店で雰囲気はある。

コロナ禍となってからは、観光地でもあった新世界は閑古鳥が鳴く店、閉めた店も多い中で、この喫茶店だけはずっと賑わっている。

店で働いているのは三人の高齢のおじさん達で、それは人気店になってからも変わらない。

普通の喫茶店だが圧迫感がなく過ごしやすいので、なんとなく入っていた店だった。最近は昔からの地元のお客さんは入りにくくなっているのかもしれないが、今日は夕方という時間もあってか、席は空いていてすぐ入れた。窓際の好きな席に座れたのもラッキーだった。

ホットコーヒーを注文した。ホットケーキも食べたかったが太りやすいので、我慢した。このホットケーキはなかなか無骨な形で、おじさんが一生懸命焼いている感じが良い。饅頭のような厚みがある。

煙草を吸いながら、窓の外を見る。

百メートルほど向こうに廃墟のような建物がある。

そこは連れ込み宿だった。

今はもう営業していないが、この間前を歩いたら猫が何匹かいて、どうやら保護猫のようだ。

みんな耳先をカットされている。

連れ込み宿の玄関から中に猫がいるのも見えた。

誰かがちゃんと管理して飼っているらしい。餌箱もそれぞれの猫ごとに置いてあった。

時代も年号も変わって、往時は様々な情事に使われていた建物が今は猫屋敷となって残っている。

元経営者か誰かが住んでいたりするのだろうか。

何度か前を通っても人影は見たことがない。

猫の世話は餌やトイレなどそれなりに大変なはずだが。

今日も誰も見ないなと思いながら、ふと、記憶の沼底にしまっていた出来事が蘇ってしまった。

連れ込み宿で、あったこと。

あれはもう三十年ほど前のことになる。

深夜の新世界を歩いていた。何をしていたのだろうか。よくぶらぶらしていた街ではあった。

当時は映画館も何軒かあって、時間を潰していたのか。

九十年代初頭は欧米から毎月のように凄いバンドがデビューして、来日公演も行なっていた。もちろん全てを追っかけることは不可能であったが、レコード、雑誌を買い、ライブに行くのが青春の全てだった。音楽が世界の若者を熱狂させて、それに他のカルチャーがついていくのが精一杯の時代だったというのは、今となっては夢物語に聞こえるかもしれない。

その煌めきの世界とは反する場所、西成や新世界のおっさんにしかない空気になぜか惹かれていた。友達とつるむことが殆どなかったせいかもしれない。今みたいにネットも携帯電話もなく、孤独な時は本当に孤独だったが、それも今となっては贅沢なことに思える。

街の底や、街の陰に惹かれていた。

そんな時、真夜中に近い時間にこの連れ込み宿の前の狭い道に『彼』が立っていた。

『彼』はパッと見てわかる女装の男だった。

見るからに男娼で誘いの笑みをくれて、どういうわけか立ち話などして、宿に入った。

その時、自分は酒を飲んでいたのか、終電を逃してどのみちどこかで朝まで過ごさなくてはいけないので仕方なしだったのか、『彼』の妖しい雰囲気に身体が反応したのか。

正確には覚えていないが、ひとつ言えることはその時は交渉などの話はしておらず、ただ、遊んでよ、ということだけだった。さり気なくそういう流れになっていたのは不思議だが、特に躊躇しなかったと思う。

宿に入り、案外広い和室に通され一服してから、風呂に入ることを勧められて、『彼』から性的サービスを受けた。性技はそこらの女性より抜群に巧くて恥ずかし気もなく悶えてしまい、あっという間に果てた。飲精をした時の『彼』のギラッと光った眼をまだ覚えている。

『彼』は細く長い煙草を吸っていた。

「可愛がっている男の子が家にいるの。ボクシングをやっていて大変だから、ちょっとお金もらえる?」

そう切り出されて、これが本来仕事のはじめに行われる交渉なのかと思う間もなく、少しだけ支払った。それでも『彼』から「ありがとう」と丁寧にお礼を言われた。お札を綺麗に財布にしまっていた。

そして、何度も「身体には気をつけてね」と言われた。当時二十歳過ぎの自分にそんなことを言うひとはいなかったので、そのことは後から妙によく思い出したりした。

やたらと身体を気遣う『彼』が煙草を吸っているのを見て、「でも、煙草吸ってるやん」と『彼』に言ったと思う。

「これはメンソールでタールは一ミリなの」と、NEXTという煙草だと教えてもらった。当時、煙草は滅多に吸わなかったが、タール一ミリの煙草なんて吸う意味あるのかなと思った。まあ、格好だけで吸いたいひともいる。

『彼』が出て行ったのは午前一時半とかではなかったか。

それからの時間が地獄だった。

男を買春してしまったこと、男に悦びを与えてもらったことで激しい後悔と屈辱にまみれてしまって、どうしようもなくなった。

自分がいる部屋の邪悪な空気に胸が詰まりそうになった。

今なら「それくらいのことしとかないとあかんよ、いい勉強したやないか」と軽く言えるが、当時はまだまだ純朴だった。

テレビをつけてもひとつの番組しかやっていなかった。それがどこか地方の高校生の部活を追ったドキュメンタリーで、その美しい光景と自分の行動の落差に余計に心が傷ついた。

一睡もせず、ようやく始発電車が動きそうな時間を迎え、逃げるように宿を飛び出した。


回想しながら、こんなアホな人生を生きてきて、おれも長生きしたもんだなあ、と呆れてしまった。気を紛らわすためにコーヒーをお代わりしてヤケクソでホットケーキでも食べようと思ったが、店は満席で注文も殺到しているようだったので会計を済ませた。

もう、日は暮れかかっていた。

店内は純喫茶巡りの若者だけではなく、地元の人達も来ていて少し安心した。

この街は色んなことがあっても、そう簡単に変わらない。

生きることの必死さ、切なさ、悲しさ、楽しさなどをつかの間誰かと語り合ったり、ひとりで思いに耽ったり出来る場所がある限りは。

喫茶店にいる間、結構煙草を吸ってしまったので、あと一箱買っておこうかと思いさっきの煙草屋に向かったが、店はもう閉まっていた。

再会

正月に突然、姪っ子から連絡があったのには驚いた。

もう彼女には、何年も会っていない。

今は大学生になった彼女がまだ小学生の時に会ったのが最後だった。月日が経つのは早い。

五つ年上の兄とはほとんど絶縁している。両親が亡くなった時の財産分与で言い争いになって、それっきりだった。

親に無理を言って美大に行かせて貰ったものの、結局定職には就かず、気ままにアルバイトで食い繋ぎ、売れない絵を描き続けている。東京へ出て勤め人をやり一家を成している兄からすれば、私のことは単なる道楽者で恥ずかしい身内だと思っているだろう。

だが、結婚したにもかかわらず女性問題を度々起こし、義姉を泣かせている彼に対して私は嫌悪感を覚えた。義姉は器量があまり良くなく痩せていて薄幸な印象だが、穏やかで優しいひとだった。

親から譲り受けた遺産は若手のサラリーマンの年収くらいの金額だった。中途半端に手元に持っていても仕方ないと思い、ほとんどそのままの金額で古い一戸建てを買った。小さくて古ぼけて見栄えは良くないが、十分だった。自分ひとりが住む終の住処としては。

姪っ子とは携帯で話した時幼い頃しか知らなかったので、声を聞いても何だか実感が薄かった。大阪に行くということで弾んでいる彼女の声は自分にも伝染して、元気が湧いてくるようだった。しばらく私の家に滞在したいと言われて、困惑したが了承した。

私は今の家に越してから、ただのひとりも他人を入れたことがない。友人らしい友人もおらず、恋人をつくったこともなく、ただ、ずっとひとりで暮らしている。

ゴミ屋敷とは言わないまでも、汚れているところは目一杯汚れている。それを気にせず暮らせているのはひとり者の良いところだが、大掃除らしい大掃除も何年もしていないので、これを機に取り掛かるのも悪くないかもしれない。

まず、一日一箇所ずつやるというのを決めて、百均で掃除道具を大量に買って来た。

玄関、台所、トイレ、洗面所、風呂場。一日の大半の時間を掛けて汚れを落としていく作業は、はじめは掃除を疎かにしてきた自分と向き合う苦痛と苦心があったが、やっていくうちに少しずつ達成感と楽しさが生まれて、段々と慣れてきた。

はじめは業者に頼むのもありかなとネットで探していたが、ハウスクリーニングの料金の相場はべらぼうに高く、そんなお金は払えないし、汚い家を見られる屈辱もあるので、その選択肢は早々捨てて、自力でやることにした。

姪っ子に泊まってもらうのは普段はアトリエとして使っている二階の部屋で、そこだけは日頃から小まめに掃除をやっている。

誰に見せるわけでもない作品が無造作に置かれたり積まれたりしているが、こんなガラクタやゴミと寸分と違わない価値のない作品に若い青春真っ盛りの姪っ子は興味なんて示さないだろうから、隠さず部屋の隅に作品を寄せた。

ネットで安い布団セットを買って、この部屋の床で寝てもらうことにした。

何とか初客が来る前日には大掃除を済ませた。久々に風呂に熱い湯を溜め、ゆっくりと浸かって、清々しい気分を味わった。


姪っ子は、予想はしていたが私よりずっと背が高く、手足もすらっと伸びていて小綺麗でお洒落だった。陳腐な例えだが、テレビドラマに出てくる女子大生そのものだった。背負っている黒いリュックサックは高価な物に見えた。

「おじさん、大変ご無沙汰しております。改めて、あけましておめでとうございます。わ、白髪なんですねー」

と、明るい声でハキハキ話し、眩しく笑う様子を見ていると何年も会っていなかっただけに、ふと、この子と自分には同じ血が流れているのだろうか、などと思ってしまった。また、兄は髪を染めているんだなと察した。

「ほんま、久しぶりやね。大きなって綺麗になったなあ。何もしてやれんけど、大阪でちょっとゆっくりしていきなさい」

「はい！　ありがとうございます！」

元気な受け答えだが、少し前に義姉から電話があって聞いたところ、大学に入るまでは色々活発だった彼女が、入学してからは目標を失ったのか無気力になり、あまり学校にも行かず引きこもりがちになっていると聞いた。何か他にも問題を抱えている気配はあったが、そのことを話せるまでは時間が掛かりそうな気がしたのでこちらから尋ねようとはしなかった。

それから、固辞したのだが銀行の口座番号を教えてくれと義姉から何度も言われて結局教えてしまった。娘が厄介になるから少しだけなので受け取ってくれと言っていたが、振り込まれた金は十万円だった。まるでこちらの慎ましい生活を把握されているようで恥ずかしくなった。

夜行バスで大阪へやって来た姪っ子は、今から少し眠り、夕方から行ってみたい店があるので一緒に行こうと言われた。

「YouTuber 達がよく行ってる場所で、立ち食いのホルモン焼き屋がとんでもなく安くて最高に美味しいんだって。混んでるかもだけど、どうしても今日行きたくって」

「場所はちょっとややこしそうだけど、せっかくだし行こか。バスであんまり寝れんかったんやろ。寝なかったら熱出たりするから、ちょっと休みや」

「はーい」と、姪っ子は呑気な声で返事して二階の部屋ですぐ眠りこけた。


「ホルモン、少し硬かったですけど美味しかったですね。どて焼きも初めて食べたけど好きだったなあ。その後に入った喫茶店も良かったです」

帰路の電車の中で一緒に並んで座れた。

目当ての店は流石の人気店で行列には二十人ほどの若者が並び、ホルモンにありつけるには時間が相当掛かりそうだったので、諦めて辺りを歩いているうちに見つけた店に入った。カウンターだけの小さな店だったが、こういう店に入るのは実に久しぶりで姪っ子と一緒にビールを飲んだ。

彼女の飲みっぷりはなかなかのもので、その後ハイボールを二杯飲んだ。私はビールをコップで一杯が限界だった。酒なんか何年も飲んでいなかった。

それから駅前の喫茶店に入ってお茶を飲んだが、こういう街の喫茶店が姪っ子には珍しいらしく、店内をやたらきょろきょろ見回していた。新聞が何紙も置いてあり、カウンターには老眼鏡の貸し出しがあることに驚いていた。

「今、東京は純喫茶ブームで、人気のある店はなかなか入れないんですよ。こんな店、近所にあったら毎日行くけどなあ」

「ありきたりの店やけどね。まあ、今はだいぶ減ったけど、大阪市内にはまだあるかなあ」

「そっかあ。おじさんの家はちょっと郊外だから、あんまりないんですね」

「そうなんよ。ところで、兄貴と義姉さんは仲良くやってるんか」

「全然。まあ、うちは前から。お父さんは外に彼女つくったりしてるけど、お母さんも諦めてそのことは言わないし」

「やつは相変わらずやなあ。でも、ちゃんと勤めてて偉いよ」

「お父さんは前、おじさんのことを話してたよ。あいつみたいに生きれたら良かったなあって」

「へえー、そんなこと言うんや」

「はい。誰にも迷惑掛けず、ひとり者でも好きなことをやって生きたかったなあって」

思い出した。兄は中学時代から音楽が好きで、周りにはそのままプロのミュージシャンになった友人もいた。裏方でもいいからその世界に入りたがっていて、専門学校のパンフレットを取り寄せていたりした。だが、突然東京の会社に就職を決め、大学には行かなかった。

「お父さん、自分は大学に行かなかったから頼むからお前は行ってくれと言われて。ずっと頑張って勉強してきたんですけど、入ってしまったら他にやることが見つからなくて、ぼんやりしてしまって」

兄が今どういう心情でいるのかは知る由もないが、家族の生活の平穏を守るため、歯を食いしばって仕事をやってきたのは間違いない。高卒で会社勤めの苦労も人知れずあっただろう。外に女をつくるのも、彼なりの業だろうし、それを赦してずっと一緒にいる義姉の心の中にも自分みたいな甘ちゃんには窺い知れない深い沼があるんだろうと思う。

「そうやなあ、みんな東京で頑張ってて本当に偉いよ」

声を掛けたが無言の姪っ子を見たら、眠っていた。

そう言えば、この子がまだ小さかった頃にこうして電車に乗って出掛けたことがあった。確かそれも正月だった。兄達が帰省してきたものの、兄の女性問題がその頃に発覚して親や義姉が大変憔悴して話し込んだりしていた。兄はどこかに行ってしまい、この子が不憫に思えて一緒に動物園に行った。

自分が子供をつくるなんて想像したこともなかったし、そもそも子供に興味がなく、どちらかと言うと子供嫌いだったが、幼い姪っ子は可愛くて仕方なかった。この子に自分と同じ血が流れているのかと思うと、一緒にいて不思議な安心感が生まれた。

あれから十数年は経っているが、今、隣で眠っている姪っ子の寝顔も変わらず天使のように可愛らしく、今まできっと色んなことがあっただろうに、子供の頃と何も変わってないとさえ思える。

私の十数年も本当に何も変わってないなと思い、苦笑いして、

「あかんなあ、おれは」と、誰に聞こえるわけでもなく、言葉が漏れてしまった。

感情が小さなさざ波のように昂り、むかし一緒に動物園に行った時のように、つい姪っ子の小さな手を握ってしまいそうになったが、やめておいた。

眠剤入りラーメンを食べながら

彼が東京から離れて、音楽をやめてしまったのがまだ信じられないし、それによって世界が何も変わらなかったことも信じられない。

だけど、それは本当のこと。


彼に会ったのは去年の春だった。最初で最後のような出会いと別れ。

彼のライブには何度も通っていて、その日はバンドではなく、ソロの演奏の日でお客さんも少なかったので、終演後に声を掛けた。

ビールを飲んでいた彼と少し話した。

陽気を装っていたけど虚ろな目をしていて、ちゃんと目を見てくれなかったけど、ライブハウスに来る女の子にしては珍しい野暮ったい服や鞄が気になったのか少し見ていた。私は彼より二つ、三つ年下だけどため口で話した。

今日はじめて聴いた曲が気になって、その歌詞カードが欲しいと言ったら、「これはもう歌わないかも」とあっさりくれた。

「可愛い女の子は嫌いだ」と言っていた。

だから可愛くない私と話してくれたのかもしれない。

「あなたの歌はシリアスなことを歌ってるようで冗談めかしたところもあり、その絶妙なバランスは他にはないもので、でもそれは人が生き抜くための術だと思う。音楽に詳しくない私にも必要なものなの」と言って、名前と電話番号だけ書いた紙を渡した。

彼はそれを無造作にジーンズの前のポケットにぐちゃっと突っ込んだ。

帰り際に「どこの出身?」と聞かれて、「東京のはしっこ」と答えると「ふーん、いいね」と言って、「じゃあ」と手を振って別れた。

連絡なんか来ないと思っていたけど、それから一ヵ月ほどして、急に彼からショートメールが届いた。映画を見終わって、ひとりで街にいるという。

仕事から帰ってアパートでいつものようにストロングゼロを飲んでいただけだったので、すぐに会いに向かった。

街で会った彼はライブハウスで見るのとは少し違っていて、その感じは説明しにくいのだけど、ステージに立って演奏している時よりミュージシャンの感じがした。

彼が時々行くというグルテンフリーのカレー屋に行き、カレー、サラダ、ビールを頼んだ。彼は今日は飲まないと言って、コーラを注文した。

食べながら、最近誰かのライブに行った話など私がしているのを彼はじっと聞いていたけど、急に「もうすぐ地元に帰るよ」とぼそっと言って、思わず私は「なんでよー！」と、少し芝居じみたような大げさな声を出してしまった。

「んー、もうすぐ三十になるから」と彼は静かに言った。

会社員なのか派遣なのかバイトなのか正確には知らないけど、彼が勤め人をしながら音楽をやってて、雑誌に出たり、有名なフェスに出演したりするバンドではなかったけど、世の中の物事をわかっている女の子は、みんな彼の音楽を知っていると私は思っていて、彼が東京から離れることは死を意味するくらいのことと思った。

彼の出身地は北の方の小さな街で、その風景は私には想像もつかなかった。

「煙草吸える所に行こうか」と言って、コンビニに寄って煙草とお酒と水を買って、私たちは裏のラブホテルに入った。

ソファもない狭い部屋だけど、小さな丸いテーブルがあり、椅子は緑色だった。そこに向かい合って座り、さっき買ってきた煙草を彼は吸い、私はしばらく禁煙していたけど、彼の煙草を貰って吸ってみた。

テーブルの灰皿の横に置いてあった、ホテルの名前が印刷されている百円ライターが目に入った。

「これ、貰って帰ってもいいやつだよね」と呟いたら、

「いいけど、外で使いにくくない？」と言われたけど、私は上品じゃない人間だし平気でどこでも使える。ライブを見ていた時から気づいてはいたけど、彼とは人種が違うんだなあと思った。

彼はベッドに身体を投げ出して、寝そべりながらベッドパネルの調光を子供のおもちゃのようにいじって真っ暗にしたり、明るくしたり、青くしたりして遊んで、ようやく落ち着く色合いの明るさに調節すると私を呼んで、

「普段着けないけど、今日は着ける」と言って、コンドームを装着して、私達はゆっくり、さらっと、愛しあった。

少しの間眠ってしまってて、起きたら彼はもう服を着て、椅子に座ってお茶を飲んでいた。

私はつい素っ裸のままベッドから出そうになったけど、上品な彼に嫌がられるかと思い、バスタオルで一旦身体を隠してから出て、洗面所で服を着た。

また彼の煙草を貰って吸った。さっきの一本目よりも味が軽くなったように感じた。

真正面に座る彼は煙草を吸いながらスマホをいじっていた。

「東京から離れても音楽やれるの?」

「バンドは出来ないからね。わかんないな。ひとりでパソコンで何か作ったりするくらいかな。もう趣味だよね」

急に彼がひどくつまらないひとに思えてきて、思わず顔をそむけた。

帰れる所があるひとは幸せだ。私には帰る場所もないし、頼れるひともいない。今、目の前に座って虚ろな目で煙草をくゆらせているのは、東京でやっていけなくて、尻尾を巻いて都落ちする負け犬の男。

ついさっきまで私の身体を執拗に嘘っぽくも切実な手つきで愛撫していた助平な男。

だけど、そんな彼の音楽を早くこの部屋から出て、ひとりで聴きたくなっていた。

「こっち来る?」

「え? どこ」

「うちの町」

「田舎?」

「まあ、めっちゃど田舎」

「そんな所で暮らせるわけないじゃん」

「だね。東京育ちだもんね」と彼は爽やかに笑い飛ばしたけど、この短い会話の中で私は、中卒で何の免許も資格もないのに拾ってくれて、何とか馴染んで二年目の今年はボーナスも出してくれた今の会社を辞めたくはないけど辞めてもいいかも、父親は刑期をもうすぐ終えるからまた会いに来て面倒臭くなりそうだし、どこか遠くに逃げるのもいいかもしれない、人生の岐路となる決断は案外こんな思いつきのようなものでポンと決まったりするのかもしれない、何もない田舎町でも彼のそばにいて時々ギターを弾いてくれるなら、それはそれで幸せかもしれない。

なんてことを物凄いスピードで思い巡らせていたけど、煙草の火と共にその考えは、灰皿に押し付けて消してしまった。

彼が東京を離れたと同時にコロナ禍となり、私はそれ以来ライブハウスにも行かなくなり、音楽も殆ど聴かなくなった。

ただ職場とアパートの往復で、仕事帰りにお酒と適当なものを買って食べる。少し料理も覚えて煮物を作り置きして、酒のつまみにしている。

夏の終わりに彼からメールが来た。

タクシードライバーをやっていること。勤務の終わりに地元で流行っている「眠剤入りラーメン」を買って食べるのが楽しみなこと。友人のＤＪに最近作った曲を送ったら、今夜ラジオで掛けてくれるとのこと。

そんなことが簡素に書かれていた。

ふと、彼のことも彼の音楽も、その存在を忘れかけていたくらい遠い過去のことに感じた。

部屋にはテレビはなく、ずっとスマホでラジオを小さく流している。彼の新曲が流れる局にチャンネルを合わせて、待った。

冷蔵庫に冷やしてあった缶ビールを開けた。もうストロングゼロは飲まなくなった。

日付が変わりそうな頃に若い男のＤＪが、

「この曲はアーチスト名はなく、ただタイトルしかありません。そのタイトルは、『眠剤入りラーメンを食べながら』です。お聴きください」と曲を紹介した。

何も変わらない何てことない彼の歌が流れた。三、四分程の曲だったけど、その間世界一周旅行をしているような気持ちになった。パスポートなんか一生手にしないと思うけど。

彼はずっと何も変わらない。きっと私も。

少し笑っていたと思う。

春寒の夜に想うこと

作家の西村賢太氏が亡くなったのには驚いた。

特に彼のファンではないが何冊かは読んでいたし、存在感としては忘れたくても忘れられない作家である。自分の三つほど年上だから、ほとんど同世代と言っても過言ではない。

家族もつくらず、友もつくらず、時々女を買い、酒も煙草も旺盛にやり続け、文学に人生を捧げた生き方は簡単に無頼という言葉では片付けられない気がする。

清廉なひとだったと思う。

大抵、作家というものは文学賞など手にしたら権威を有り難がる様々な機関から仕事が舞い込むらしく、大学で教えたり、地方の町興しのアートプロジェクトでワークショップをやったり、アマチュアの文章コンクールや自主映画祭みたいなものの審査員になったりする。

本来地べたを這いずり回って血反吐を吐きながら言葉を紡ぐことが生業なのに、教えたり審査をしたりするという立場となり金を稼いで、一体何が書けるのだろうか。

教えるという立場にいるひとの表現物には、自分は一切目を向けないようにしている。

西村氏はテレビでタレントまがいのことをしていたが、学校などで教えたりはしていなかったと思う。さすがに中卒という学歴ではそんな話も来なかったのだろうか。

前に友人が大塚という街に住んでいて、繁華街の方へ歩いてゆく西村氏を何回か見掛けたことがあったと言っていた。

繁華街の奥の方にはホテル街があり、そこで女を買っていたのだろうか。友人いわく、西村氏は見るからにいかつくて柄が悪く、くわえ煙草で歩いていたという。

最高だなと思った。

女を買う男が好きだ。

そんなことをうかつに女性の前で発言したら、今は袋叩きにあうのかもしれない。人間の本質をわかっていない連中を相手にするほど暇ではないので、別にどうでもいい。

濃厚接触という言葉が今や半ば犯罪的な意味を含みつつある世の中でも、女を買う男はいるし、男を買う女、男を買う男、女を買う女もいるだろう。

金で身体を買ったことがある人間は金銭を介さないで誰かと肉体関係を結ぶ時、そこには相当な有り難みと相手への深い慈愛を感じるはずだ。

タダで抱けることの幸運に、涙を流さんばかりに感謝する。

少なくとも自分の場合。

西村賢太氏は風俗嬢たちとの座談会で「三十分以上は舐める。汚らしいところを舐めることに興奮しますなあ」と言っている。これはおそらく性器、あるいはその周辺のことだろう。

通常の恋愛関係や夫婦関係の中でも、それほど女性に奉仕する男性は稀ではないだろうか。

素晴らしいひとだ。

東京の山手線の東側には少し独特な薄暗い悪所がある。大抵、熟女風俗は池袋から東側に多い。新宿、渋谷にもあるにはあるが、基本は若い子と遊ぶ街だと思う。

かつては三業地と呼ばれた花街の残り香みたいなものはかすかに大塚にも残っていたが、それも十年ほど前の記憶で、今はどうなっているのかわからない。

その大塚の二つ隣の駒込という駅に幾度か降りたことがあり、その回数は少ないが記憶としては強く残ってしまっている。

あれは東日本大震災の頃だから、もう十年以上前のことになる。

当時は離婚をして、まだ幼少の娘と離れた頃で色々酷い状態にあった。

落ち込むなんてものではなく、その頃勤めていた会社に行けなくなり解雇され、ずっと家に居て酒を飲み、ろくに風呂にも入らず、しまいには金も尽きて電気や水道も止められた。賃貸マンションの家賃を滞納し管理会社から鍵を替えられた。しばらくネットカフェで雨風を凌ぎ、夜勤バイトの稼ぎをかき集めて何とか滞納した家賃を払って、部屋に入れた。

とにかく娘と会えない辛さが身体を貫いて、まともにひとと話せなかった時期であったが、そんな時でも金を工面して女を買っていた。これは肉欲を解消する遊びがしたいというより、自分を汚したい欲望がまさっていた。何かもっと酷い目にあって我を忘れる境地に浸りたかった。

自分よりひと回り以上年上の初老の女を抱いてみたらどうなるか。娘や元妻の女という生き物への愛情が反転して、憎しみとは違うが、その生き物を手篭めにしたいという邪悪な欲望がもたげていた時期の話だ。

駒込駅から十分ほど歩いた閑静な住宅街にあったホテルは、熟女あるいはもう老婆に近いような風俗嬢たちの仕事場になっていたかのような場所だった。ホテルのスタッフも老婆たちで、その割烹着姿は妙に親しみやすく、なぜかみんな小柄だったので、心の中でこっそり妖精のようだな、なんて思ったりした。

ネットで調べて指名した女性は、もう正確な記憶はないが年齢は五十代後半くらいだったと思う。女優の音無美紀子に少し似ていた。

部屋に入ってきた時、その上品な物腰にひるんだ。こんな安ホテルに本来居るような婦人ではない。着ているものも上質なものに見えた。

通り一遍のやり取りで金を渡して、風呂に湯を溜めて、服を脱ぐと肌は色白く質は悪くないが、肉は弛み皺も目立ち、やはり初老という現実の年齢は隠せないものだった。一緒に風呂に入ったが、まともに相手の身体は見れなかった。

ベッドに入り、ゆっくり前戯をすると「優しいのね」と言われた。挿入すると演技とは思えないほどの過敏な反応だったが、正直自分の昂りは弱く、まるでこちらが演技するように何とか鼓舞して「全部、一滴残らず出して」と言われるままに最後は膣内に精を吐き出した。

時間はまだ残っていたので、そのまま布団の中で話をしたりした。つい、自分の身の上話をしてしまった。話しやすいひとだった。彼女も最近離婚したようで、愛知から上京したという。娘は二十四歳とか。自分は関西出身であることを言ったら「昔のテレビ、面白かったわね。色んな芸人さんがいて」と色々な関西芸人の名前を口にしてくれたが、ほとんどの名前を自分は知らなかった。でも、なんだか楽しげな気分になって、癒された。自然に手を繋いでいた。未知の感触がする手のひらだったが、安らげた。

こんな世界の果てみたいな場所で、金で結ばれて肌を重ねているが、その女性の今までの人生の豊かさを感じられたことが、この日の悦びとして身体に生温かく残った。


それから、それほど日を置かず、また同じ女性を指名した。彼女はとても喜んでくれた。プレイの方はそこそこに、すぐ終えた。前回よりも燃えるということはない。

「最近若い子から指名よく入るんだけど、自分からは全然何もしなくてマグロみたいに寝てるの。あなたみたいに強いひとはなかなかいないわ」とお世辞なのか褒めてくれているのかわからない言葉だが、その鼻に掛かった甘い声の響きは悪くはなかった。

外食に飽きて、そろそろ自炊して、時々は娘にも家に泊まりに来てもらおうかなと思っていた頃だった。

「料理なんてロクなもん出来んけどなあ」と呟いたら、「今、春キャベツ安いじゃない？ 春キャベツは柔らかいから、豚肉入れてめんつゆと水で煮るだけで美味しくできるのよ」と言われた。その時はじめてキャベツに、春キャベツという種類のものがあることを知った。
「今度会える時までに、料理の本買っておくわね」と言われたが、結局女性の本名や連絡先は聞けずじまいで、その日以降会うことはなかった。
ふと、もう、遊びに飽きてしまった。

最後に覚えているのは、ホテルの部屋を先に女性が出る時、急に振り向いて「あなたの別れた奥さん、綺麗なひとだったんでしょうね」と言われたこと。結婚生活や元妻のことなど、一言も話さなかったのにどうしてそんなことがわかるのだろうかと思ったが、そのひとの所作から別れた相手が視えるのは今ならわかる。そして、駒込駅の改札まで送ってくれて、その時雨が降っていたので、傘を差したままずっと見送ってくれた姿も。その時の感情は言葉に表せない。いつも大切な場面は情景でしか記憶されていないのは、自分だけなのだろうか。

東京を離れて、もう三年目となる。都落ちという感情はもちろんあったが、もう五十を過ぎて、街で存分に遊べる体力も気力も金もない。

ただ、夜、家で安酒を飲みながら、東京の街やひとに思いを馳せたりはする。

生きて連絡を取れるひとたちよりも、激しく生きて死んだ作家の姿や、もう一生会うことは出来ない歳上の淫売婦だった女性の影が、長屋の窓辺で吸う煙草の煙の中に浮かんでいる。

しばらくの間は。

スラム街の悲しい目をした犬

目の前の悲しい目をした犬がずっとこっちを見ている。放し飼いがあたりまえの街のど真ん中で。私も未知の国、未知の街に流れて来て、なぜか、まだ生きている。何でだ。犬の尻尾が極端に短いのは喧嘩で噛みちぎられたのか。悲しい目をしている理由はきっと、永遠にわからない。見つめ合ってる時はわかった気はしたけど。側に置いてある私の缶コーヒーを狙っているのか、八十円のブラックコーヒー。泥水かと思うくらい不味かった。こんなもの犬畜生に幾らでもくれてやる。

ようやくありつけた住み込みの仕事を三週間やって、終えて、また、この街に戻って来た。格安の定宿にボストンバッグだけ置いて、また外に出た。なるべくあの狭くて暗くて空気の悪い、死臭がする部屋には居たくなかった。できるだけ酔っぱらって意識も言語も無くして五感を麻痺させてから部屋に戻れたらと思うが、最近酒を飲む体力が無くなったのか、あまり飲めなくなってしまった。どこか内臓が悪いのかもしれない。いっそこのまま血反吐を吐いて死ねたらと思うが、まだ身体や心の奥底にある炎は小さいながらも消えようとはしていないようだ。

この街はこの国で最大のドヤ街でありスラム街だと聞いてやって来たが、実際には来る前に描いていたイメージとはかなり違っていた。どうやら福祉ビジネスが横行していて、割と誰でもたやすく生活保護受給者となり、最低限の生活費と寝床は確保されている。ただ、生活保護費の諸々の手続きを代行したり世話してくれる機関がピンハネしているらしい。いや、それをピンハネと呼ぶか手数料と呼ぶのかはお互いの信頼度による認識の違いだろう。薄く手広くピンハネして稼ぐのはどの国のボスやマフィア、賭博の胴元も同じだ。がめつくやると反感を持たれ返り血を浴びてしまう。あくまでもジェントルマンとして弱者から金を吸い取るのが連中の流儀である。日本一のドヤ街でありスラム街とされるこの街の奇妙な静けさと穏やかさは、もはや悪なのか偽善なのか真心なのか見分けがつかない巨大なものに完全に支配されているゆえだとは思う。どうしようもなく皮膚で感じた私の確かな実感であった。

暗くなっても宿に戻る気になれなくてふらふら歩いていた。この街の特色として、いまどき赤線が公然と営業していることは有名であるが、私のような人種はお客として入れないことになっているらしい。そもそも今はコロナによる時短で夜は早々と店を閉めている。また、その街のルールを完璧に守る所作も統制されていて、裏には暴力装置をちらつかせる組織があるのだろうか。

かと思えば、さっき道端でパンを売っている女がいた。品がありそうな人だった。自分が勤めているパン工房のものだろうか。労りなのか、小商いなのか。わからないまま、女の顔を盗み見しながら通り過ぎた。

緩やかな坂を上ると目の前に団地が立ち並ぶ。何棟もある団地だが見事に人の暮らしの気配がしないのはなぜだろうか。ゴーストタウンではない。下に居住する人間には段違いの人の姿は見えないのだろうかとさえ思う。ドヤ街以上の静けさは、空気としては上質ではあるが、どこか殺伐としていて不気味な雰囲気に包まれていた。

団地街を遠くに眺めながら、昨日見た夢のことを思い出していた。山へハイキングに行く電車の中で見かけた顔があった。私が子供の頃、小学校か中学校で教わった男性教師で、隣に座っていた妻らしき女性の顔にも見覚えがあった。二人共、当時同じ学校で教えていたのだろうか。ただ、教師の名前といつ教わっていたのかが思い出せない。明朗快活で逞しかった当時の若い男性教師は今や初老となり、要職に就いているのだろうか。威厳と昔は見えなかった人を疑うような姑息で狡猾な影があった。今、私が名乗り出ても私のことなんて覚えていないだろうし、そもそもこんな異国で会うなんておかしい。どうせ夢だろう、と思っていたら急にしんどくなって目が覚めて慌てて水を飲んだ。こんな時、自分も死に向かっているんだなと気付かされる。

あてずっぽうに歩いていたが、いつの間にか大きな公園の端のホテル街を歩いていた。中年女性の立ちんぼが何人かいる。彼女らが商売をしている目印は抱えているのが赤いハンドバッグと聞いた。確かに薄暗闇の中でも赤い色ははっきりと見える。いや、見えるというよりは感じると言うべきか。女の顔が見えなくても。何らかのルールがこういう悪所にはあるにせよ、スラム街や赤線のような統制され監視されているような息苦しさはこの辺りにはなく、どこか自由を感じた。ここに潜んでいるものが、まだ私には見えないからか。こういう場所に来ると女を抱きたいというより、ただただ女に抱かれたいと思う。恋人や妻でも友達でも何でもない金で買った女の肉の塊に自分の全てを抱かれたい。その女でしか抱けないやり方で。

ふと、声がした。

甘くて優しく懐かしい声は、もう何十年も会っていない、会うことは出来ない母親の声によく似ていた。自分を捨てたけど、自分を一番愛してくれた人。もしや、と思うくらい声はそっくりだった。

「黒んぼさん、遊んでいかないの？」

震えながら、私はゆっくりと、後ろを振り返った。

寝物語

「ティッシュ、取ってくれる？」

「うん、はい」

「ありがとう」

「……ちゃんと拭けた？」

「うん」

「うん」

「今、何時だっけ？」

「一時過ぎじゃない」

「帰らなくていいいんか」

「うん」

「旦那とか大丈夫？」

「つまらない話しないで」

「うん」

「ねえ」

「なに」

「この部屋、静かね」

「そう」

「うん、いいね」

「昨日さ」

「うん」

「猫が来たよ、夜中」

「猫ちゃん？」

「うん、玄関の外でニャーニャー鳴いてた」

「かわいい。入れてあげたの？」

「玄関開けて、入るか?と声かけたけど、今日はいいって」

「ふふ、何その作り話」

「作り話じゃないよ、本当さ」

「あなたって」

「なに」

「いや……何でもない」

「ふん」

「ふふ」

「ちょっとお腹すかない?」

「あたしは別に」

「パンでも食いたくなったなあ。食パン焼こうかな」

「そういえば」

「なに」

「ずっと前に住んでた街にね、夜中から開くパン屋さんがあったの」

「夜中から？」

「うん、終電の時間くらいからね。おじいさんとおばあさんがやってて。結構人気でね。味は素朴で美味しかったなあ」

「へー、いいなあ。でも、なんで夜中から開けてるんだろう」

「わからないけどね。売り切れたら閉めるから、朝までやってるって感じではなかったかも」

「今もやってるのかな」

「ううん。もう、とっくにやめてる。あたしが通ってた時でも、結構なご高齢だったから」

「もう、亡くなってるのかなあ」

「多分ね」

「うん。でも、いいな」

「何が？」

「お店閉めても、亡くなってても、語り継がれるだけで、何かを貰えるような存在って」

「うん？　ちょっとわかりにくい」

「あ、ごめんね。ほら、成功とか評価とか伝説で語り継がれるようなひとって結構あちこちにいるけど、小さな町のパン屋さんの話は聞いただけでも、想像したり、考えたり、夢見れたりするから、すごい素敵だなあと」

「そうだね、うれしい」

「パン食べたかったけど、想像してるだけで、パンを食べたような気にもなるよ」

「ふふ」

「ほんとに」

「今度」

「うん？」

「うちからホームベーカリー持って来て、パンを焼いてあげる」

「え、いいよ、わざわざ」

「いいの」

「旦那さんや子供達に焼いてあげなよ」

「またつまらないこと言って」

「……」

「あたし、決めたんだ」

「何を?」

「今度、話す」

「え、気になる。今話してよ」

「いや、今度」

「ふーん」

「ねえ、今夜は猫ちゃん来ないのかな」

「来るかもよ」

「ね」

四文屋にて

加地くん、元気ですか?

今、ぼくは四文屋で飲んでます。新世界のジャンジャン横丁の中で。この間歩いてて、え!こんな所に四文屋があるって驚いて、今日ひとりで昼間から入ってみた。広い店だけど、カウンターもあってね、入りやすい。

よく加地くんが飲んでた高円寺のガード下の狭い四文屋はなくなったみたい。高円寺も再開発がこれから色々進むらしいって話、聞いた。

ぼくはあのガード下の四文屋で加地くんと飲んだ記憶はなくて、でも、加地くんがいつもあの店に入り浸っていたのは覚えてる。いつだったか、ライブをやりに歩いてたら四文屋で飲んでる加地くんが見えて、声掛けたっけ。ぼくのライブなんか見なくていいからって言って、後で合流して飲んだかな。まあ、もう、十年ちょっと前の話になる。

一昨年の春、大阪に息子と越して来たけど、その頃からコロナ禍となって、大阪に来たのかコロナの世界に来たのかわからなかった。街へ出てもひとがいなくて、店は閉めてて暗くて。外国人観光客が一気に消えて、それは今もほとんど見ない。特にこの辺りは外国人観光客を見込んだ宿泊施設がガンガン建ってたから、まだ今も休業してるところあるんじゃないかなあ。

いつの間にかぼくも五十を過ぎて、もう五十二歳さ。すっかり初老やね。でも、髪は染めてるからちょっとは若く見えるみたい。不思議だけど、最近髪が伸びるのが早い気がする。二、三週間ごとに散髪に行ってる。加地くんと遊んでた四十代の頃の写真見たら、髪が薄い。あの頃はそのうちハゲるんだろうなあと思ってたっけ。

あ、レモンハイと、タン、ハツが来た。後、長芋の漬物も。なんとなくひとりだけど、加地くんと乾杯。

お酒はずっと飲んでなかったけど、最近煙草をやめたからちょっとは飲もうかなあと。気が向いた時にね。元々酒が好きってのはなかったから、やめるのは全然苦ではなかった。加地くんはお酒好きだったから、今もどこかで飲んでるんだろうなあってよく思う。飲み方が綺麗だったね。荒れたりしたとこ一度も見てないし、いつも冷静で、丁寧に話してた。わ、ここのレモンハイ、結構濃い！　薄いと思ってたから、酔いそう。あかんね、やっぱりまだ酒はちゃんとは飲めないや。

この間、岡敬士くんが新しい音源を送ってくれて、とても良かった。この音楽を作ってるひとが、加地くんのリリースをやってたというのが結びつかなそうなのがいいね。同じような音楽やっててもしょうがないし。

加地くんが東京に出て来た時はびっくりした。たしか渋谷のライブハウスに突然来てくれて。一緒にいたのが岡くんで、若い連中にも加地くんの歌に刺激を貰ってた子がたくさんいたね。大森靖子さんも前野健太くんも。他にもたくさんいるし、まだまだ聴き継がれていると思う。

加地くんとツーマンをやった無力無善寺のライブ、お客さんいっぱいで女の子も多かった。ほとんど加地くんのファンだったんじゃないかなあ。ツーマンなのに、ギャラをたくさんくれたのも覚えてる。どう考えても配分は多すぎたけど、加地くんと岡くんが「いいんですよ」とニコニコして笑っていたのも。ぼくが結婚して子供が生まれた頃だったので、気をつかってくれたんだなあと。

大阪では色々散々な目に遭ってきた話はちょこちょこ聞いていたけど、加地くん本人から聞いたことはなかった。東京の高円寺の街で生き生きしていた加地くんだったけど、色々あって何年かして大阪に戻ってしまった。

大阪に戻る少し前の頃だったかな。電話をしていて、「明日新宿でライブあるから来る？七時から」と言って切った。その翌朝七時にお店から電話があって、「あのお、お客さん来てますすけど」って言われて、思い切り飛び上がったけど、やっぱり朝で。朝の七時にライブやるはずないやん、加地くんちょっと大丈夫かあって思ったけど、もう飲み過ぎてたのかなあ。この朝方の電話の体験は結構怖かった。

他にも色々話は尽きないけど、加地くんが東京で若い連中と遊べたのは楽しかったんじゃないかなあ。女の子もたくさんいたし。「いやあ、ブスばかりですよ」と笑ってたけど、今思えばみんな可愛かったよ（笑）。

二杯目飲もうとしたけど、あかん。いや、飲まなくちゃ。

何があったわけではないけど、加地くんと飲みたかったから四文屋に来た。新世界のこんな場所だけど、いまだ観光客は戻って来ないから平日の昼間は静かなもんさ。

そうそう、加地くんが大阪に戻ってから、ぼくがベアーズであべのぼるさんを呼んでライブをやった時、楽屋に来てくれたね。

で、もう結構酔ってたのか、いきなりテーブルに置いてあった缶ビールか何かをこぼしちゃって、きっと初対面だったはずのあべさんに「自分自分、あかんでー、しっかりしや。大丈夫か」って叱られてたっけ。そんなあべさんも大概なひとだったけど（笑）。でも、その様子がなんかおかしくて、幸せな光景として一生忘れられない。よく思い出して笑ってしまう。

今頃あべさんと飲んでたらいいなあ。
ぼくはまだしばらく大阪にいてるよ。

二〇二二年十月三十日の夜

「おっちゃん、こんばんは。毛布、よかったら使いませんか」

「ん？　くれるのか。ありがとう」

「どうぞ。段ボールの中は寒くないですか」

「中は結構あったかいよ。大丈夫」

「よかったです。ぼくら近くの中学校で夜の見回りやってるんですけど、よかったら、ちょっとお話を聞かせてもらえますか」

「うん。なんでも聞いてください」

「おっちゃんは、この街に来てどれくらい経ちますか」

「……どれくらいだったかなあ。三年くらいかな」

「前は色々な場所にいてはったんですか」

「東京にいた。会社やってた」

「え！　社長さんですか」

「そうだよ。信じなくてもいいけど。会社を潰してしまって、二百万だけ持ってここに来て、また一から仕事をしようと思ったけど、歳だし腰も悪かったりして、満足に働けなくてね。そのうちボストンバッグの中の金、宿で盗られてしまった」

「えー……」

「まあ、そんなもんかなと思って、そんなにびっくりしなかったよ。それから路上暮らしになった」

「警察に行こうとか、施設に泊めてもらおうとかは思わなかったのですか」

「盗られた金のこと？　返ってくるなんてあるわけないし、もう、ひとと関わりたくなくてね。ひとりでこうしてるのがいいなと思ってる」

「そうやったんですね……」

「うん、今まで色々なこと、色々なひとといて、こうなったから。でもこの街は炊き出しもあるし、無料でうどん食べさせてくれるお店もあるから、何とか生きてる。ここに来る前までは、色々ひどいんだろうなあと想像してたけど、あたたかいひとたちがいて助かってる」

「そうやったんですね。何か他に困ったこととかありませんか」

「困ったこと……。山ほどありそうだけど、出てこないなあ。案外無いのかもな。今の生活に慣れてしまったし、何かあったら死んでしまえばいいと思ってるからかな」

「そんなこと言わんでくださいよ」

「いやいや。ここに来る前までは、自分みたいな人間はゴミクズ以下と思ってたし、今でも思ってるけど、ちょっと考え方が変わって、生きられるうちは生きてみようと思ってる」

「はい……すぐそこのシェルターならいつでも誰でも泊まれるし、体調悪かったら診察も受けれますので、なんかあったら頼ってみてもいいと思います」

「あっち行け！」

「え！」

「……」

「すんませんでした。帰りますね」

「……ごめん。何だっけ？」

「……いや、もういいですよ」

「何でだ？　もうちょっと話そうよ」

「……はい、ありがとうございます。おっちゃん、何でも言うてくださいね」

「うん」

「えーと……おっちゃんは今の世の中、どういうところがおかしいとか、間違ってるとか、思いますか」

「うん？　なんで」

「いや……何でもいいんですけど、おっちゃんの抱えてる不満とかあれば教えてほしいなあと」

「そうか。やっぱり君らと話して、本当に損した。頭が悪いのは子供だから仕方ないけど、本当に何もわかってないんだなあ」

「……」

「今の世の中、おかしくもないし、間違ってもない。そこにあるありのままの現実が答えなんだよ。それが正しいし、美しい。だって、君らが生まれてきたわけだろ？」

「あ、はい……」

「世の中に間違ってるとか、おかしいと言って変えようとしてる人間もいて、それはそれでかまわないけど、現実というものは生き物で、日々変わっていくものだから。どんなにひどいこと、不景気だろうが、格差社会だろうが、感染症だろうが、戦争だろうが、ぐちゃぐちゃになっても、それはそれで正しいし、美しいとわたしは思っている。わたしが生まれて来て、生きている限りは。そこにあるもの、見えるものがすべてだから」

「なるほど……」

「もう、君らと話しても意味はない。君たちが欲しがってる答えは、君たちの中にあるだけだから。さようなら」

「おっちゃん、お話を聞かせてもらって本当にありがとうございました。まだまだ元気でいてください。また会いましょう。おやすみなさい」

「早く消えろ」

開かずのドア

私は、娘の部屋を開けられない。

もう、一年ほど前のこと。娘の部屋へ久しぶりに入って掃除をしようとして絶句した。ベッドの下にお菓子の袋が、まるで「爆食い」をしたかのように山ほど捨てられていて、その中には使用済みのアップルギフトカードが何万円分も交じっていた。部屋は全く掃除をしていない、異臭がする。勉強なんて寸分やっている気配はない。

私は混乱した。

その二、三ヵ月ほど前、財布の中に入っていた一万円札が数枚なくなっていた。迷わず娘を疑い詰問したら、「どうして、あたしのことを信じられないの」と激しく泣かれた。これは演技ではない、きっと私の勘違いだ。多分、と無理矢理に自分を納得させたが、あれは完全に騙されていたのか。全身の力が抜けた。

それ以来、私は娘に何も追及しなくなった。

部屋の前を通る時、ドアから目をそむけるようになった。中を見たくても身体が動かない。いや、もう見たくない。

どんな地獄絵図がそこにあるのか。それはきっと私をまた打ちのめすに違いない。

ドアはずっと閉まったままだ。

不登校になったのはいつの頃だったか。

「体調が悪い」と言い出して、欠席するようになり、それがだんだん続いて、いつの間にか当たり前になって、はじめは心配してくれた担任の教師からも連絡が来なくなった。

このままだと受験どころではないし、高校なんかに行けるわけがないと思ったが、色々調べたところ、通信制なら行ける可能性があることがわかった。

本当は、全日制の高校に行ってほしかったけど。


いつから普通でなくなってしまったのか。

時々、化粧を塗りたくって家を出て行く。ひとりで街に行くのか、誰かと会うのか、全くわからない。


娘が私の顔を見て話をしてくれたのは、もう、ずっと遠い日のことに思える。

身体を壊し、長年勤めていた会社を辞めて、さあ、これからどうして稼ごうかと思っていた時に、友人からアフィリエイトを教えてもらった。見様見真似でやり始めた頃、ブログに「このコスメを勧めたらいいかも」「K-POPのこの曲のこと書いたらいいかも」など、娘が色々とアドバイスをくれた。

アフィリエイトははじめ苦戦したが、だんだん稼げるようになり、驚くほどの収入になった。

正社員として働いていた頃よりも生活はずっと楽になり、それで娘に小遣いを渡し過ぎたのかもしれない。

離婚により、大好きだった父親と別れた淋しさを何かで埋めようとしなくてはと、勝手に私が思っていたのは浅はかだったと思う。

本当の豊かさとは何であるのかということを、全く考えていなかった。

「Twitterには不登校で苦しむ保護者たちが何人もいて、それらを読んでいると、自分だけではないんだとはじめは安心していた。

何人かとはＤＭを通じてやり取りをしていたし、偶然近くに住んでいるひととはお茶を飲みに行ったこともある。私より十歳上の女性で、とても優しく笑うひとだった。

だけど、この問題は出口が本当に見えない。結局、誰の話も意見も自分の家の状況とは違うため、今では全く見なくなった。

娘に手を上げたことが、何度かあった。

まだ小学生の頃で、ちょっとした言いつけ、家のルールを守らなかっただけで、激昂してしまった。

ひとり親の子どもだからこそ、人並み以上にしっかりしてほしいという、切実ながら傲慢な親の欲望があったと思う。

私は、自分にこんな力があったのかと思うほど激しく強い力で娘を殴っていた。心と身体の奥底から、何かが湧き上がって、自制したくても止まらなくなっていた。自制出来ないほどの怒りなんて、本当は我が子に対して何もなかったのに。

私が殴っていたのは、目の前の小さくて、か細い子どもではなく、かつての配偶者だったのだ。

憎んでいる相手と同じ血が流れている小さな身体に、一瞬ではあるが憎悪を向けていた。

娘は一度も泣かなかった。

娘はわかっていたんだと思う。私の怒りの本質を。

こういうことは、子どもが一番敏感に正確に感じ取るものだ。


娘の父親である元夫は転職と転居を繰り返し、今は再婚したらしい。

形ばかりの養育費が届くが、学資保険は勝手に解約して、その金は自分が使い切ったらしい。

出来れば娘に会わせたくないが、娘が父親を想う気持ちの切なさは想像出来るので、時々面会は容認している。

私は一生会う気はない。

赦せないことが多過ぎたから。


二年ほど前までは、我が家は上手く進んでいると過信していた。

親子二人で暮らせることの幸せを噛み締めていた。

娘の部屋も自分でいつも綺麗にしていた。友達も時々遊びに来ていたし、成績も良かった。

猫も飼い始めて、娘もとても可愛がった。今では猫は娘の部屋には寄り付かなくなった。学校にも行かず二階の部屋で、スマホをいじっているのか、テレビを見ているのか、パソコンで映画でも見ているのか、わからない。

私はずっとリビングのソファで寝ている。

朝から酒を飲み、マッチングアプリを見たり、スマホで無修整動画を見ながらだらしなく自慰をしたり、安いインスタント食品で腹を満たす。

この間、テレビで子ども食堂の特集をやっていた。子どもの貧困率は徐々に上がっていて、子ども食堂というのはある家庭にとっては切実に有り難いものだという。確かに朝から晩まで働いてそれから買い物して料理をするという生活を、毎日ひとりでやってると気が狂いそうになるだろう。

娘が保育園や小学校の頃のことを思い出そうとしたけど、育児の記憶が殆どないことに気づいた。本当にしんどかった記憶は、自然に忘れていくものかもしれない。

もし自分がお金持ちだったら、惜しみなく困っているひとたちにお金を与えると思う。プライドも見栄もないので、住む場所なんてどんな所でもいい。最低限の生活を出来るお金があれば、後は要らない。どうして、世の中のお金持ちは自分の所にだけ貯め込むのだろう。お金なんか墓場に持ってはいけないのに。

そんな風にいつも思ってしまう私は、相当に世間知らずで幼稚なんだろうけど。

今はアフィリエイトで荒稼ぎした貯金が尽きるまで、何もしたくない。そんな自分の堕落した生活態度は、娘に伝染して良くないこともわかっている。

でも、もう知らない。

私は私の好きにする。

娘の部屋を開けられないまま。

神経精神科三階－22

男は今日やるべきことを、午前九時半には終えた。

月一回、大学病院を受診するために自転車で通っている。採血と胸のレントゲンを撮り、担当医の診察を受けて会計を済ませた。

処方箋を渡され、後は近所の薬局で薬を受け取るだけだ。

今日はもう、他に何もやることがない。

大学病院の一階の端には見慣れない名前のカフェが入っていて、以前は近づきもしなかったが、最近ドトールに変わった。

店に入ってオーダーをしようとしたが、ドリンクはSサイズがなく、Mサイズからだけだった。

男は、すぐに店を出た。

院内のドリンクの自販機は正規料金で、男が普段買っている五十円や百円の物に比べたら物凄く贅沢に思えた。しかし喉が渇いたので仕方なく百三十円出して缶コーヒーを買った。

会計待ちの椅子席が空いていたので座ろうとしたが、何だか年寄りじみている気がしてやめた。

自販機そばの壁に背をもたれて、甘ったるい缶コーヒーを飲んだ。

男は、来年還暦を迎える。

このまま出て駐輪場へ向かおうとしたが、ふと、足が止まって、引き返した。

案内板を探して、目をやった。

目当ての場所を見つけた。

神経精神科三階－22

ちょっとそこへ行ってみたくなった。

今日は珍しく体調が良い。

その場所を訪れるのは、十年ぶりくらいになるだろうか。

去年から肺を患っており、近所の町医者にこの大学病院への紹介状を書いてもらった。通院することが決まってから、ずっと心の端に引っかかっていた。

小さな記憶と、深い感情が軋んでいる。


エレベーターでゆっくりと三階へ上がった。その思い出の場所を足が覚えているかと思ったが、さすがに思い出せなくて、案内板を見て向かった。

その場所はすぐに見つかった。

一瞬で記憶が蘇る。

この受付の待合は、当時と殆ど変わってない。

大きな窓は、わざと明るさを演じているようなムードをこの一帯に注いでいるが、そこで待つひとたちにその効果がないのは、空気の重さでわかる。

とは言え、奇異なものがあるわけではない。ひとりひとり、当たり前になにがしかの患者として、椅子に座っているだけだ。

男も座ってみた。

そして、ゆっくりと目を閉じてみた。


女は背が高く、色は白く、豊かな乳房を持っていた。

男は女の身体に夢中になっていた。

女は口数が少なく、自分のことはほとんど話さなかった。

男は女と会うと、まず唇を吸い、衣服を脱ぎ去り、全精力が果てるまで女の身体にしがみついた。

女の感度はそれほど良くなかったが、男は身体を愉しめるだけで良かった。

だが、そんな付き合いも数を重ねて、時間が経つと、何かが物足りなくなる。

男は女のことを知りたくなった。

逢瀬はいつも女のマンションの狭い部屋だったが、少しずつ、外へ出た。

喫茶店へ、時々一緒に行った。

その当時、男は煙草を吸っていたので、喫茶店にはよくひとりで行っていた。

ひとりで行くのとは違い、女と一緒に行く喫茶店での時間は不思議な味わいがあった。

女連れという、ちょっとした虚栄心を満たしつつ、女と向かい合うという抜き差しならない場面を迎えることになる。

煙草を吸ったり、新聞を読んだり、薄くて苦いコーヒーを啜ったりしながらも、正面に居る女の顔をきちんとまともに見るのはとてつもなく大変なことに思えた。

女は美形だが、表情はずっと奥まっているようで、感情を殆ど出してこない。

はじめは男にとってそれは都合が良く、存分に肉の快楽に溺れ終わったら、すぐ身も心も離れて何も思わなかった。

わざわざ喫茶店にまで女を連れ出したのは、煙草を吸いたいわけでもコーヒーが飲みたいわけでもなく、女の何かに少しでも近づきたかったからだ。


だんだん、女のことが可愛く思えてきた。

滅多に笑わないし、意思表示も殆どしない女だが、この世にたったひとりで生きているようなシルエットが、少しずつ心の中で色濃くなり、離れがたくなってきていた。


そんな女から、月一回、精神科に行き、薬を貰っているという話を聞いて、なぜか男もついて行くことになった。

大学病院という場所が、どんなところなのか興味があったから行こうという話になった。

女の精神疾患については一度だけ話してくれたが、男はその話をあまり耳に入れず、流していた。

男は時にはそういうことをする癖があった。

神経精神科がある三階の待合の、あの独特な陰気さは強烈に覚えている。待っている間、みんな必死に平静で凡庸な人間を演じているように思えた。

いや、本当のところはよくわからない。

ただ、触れてはいけないものが多すぎる空間だったのは間違いない。

女は革のボストンバッグに漫画を何冊も入れて来ていた。普段はコンタクトレンズをしているのに、分厚い眼鏡を掛けて漫画を一生懸命に読んでいた。

誰にもわからないように、狂気を孕んでいる自分を隠しているように見える静けさが辺りに漂っている。

親子もいたと思う。

母親と思われる老婆と一緒に来ている中年男性は、どちらが患者なのかわからなかった。若い女性の看護師の対応に不満があったのか、強く舌打ちしていた男の目は、どんよりと赤かった。

地雷を踏んだらただ事では済まない。

そんな空間の待合だった。

大きな窓の外からは、付属大学のキャンパスが見えた。

あんな大学に入れる頭があれば人生は違っていたのかもしれないし、生まれた時からこれまでの時間の無意味さを男はしみじみと感じていた。その無意味さは、あまりにもあっけらかんとしている。

女の担当医は三十代の女医で、優しい先生だと言っていた。

診察室の中で、どういったやり取りが行われていたのか少し教えてもらったが、その内容も男はすぐに忘れた。

しばらくして女とは別れた。


いつの間にか男は眠っていた。

目を覚まして腕時計を見たが、時間は殆ど進んでないように見えた。
男の時間は進まない。
ゆっくりと、病院を出た。

多景湯にて

ふっと、かすかな、でも確かな違和感を感じた。

銭湯の脱衣場。湯に浸かり、サウナにも入り、出て来た時に。

女がいる。

脱衣場の端にはドライヤーがあり、そこで髪を乾かしている。

小柄で金髪の、ひと。

金髪の青年が隣の湯船に浸かっているのは視界に入っていたが、その時は特に気にはしていなかった。

この銭湯は古く、特に改装もしてないので、ひとによっては汚いと思うかもしれない。

だから、いまどきの若者の客は少なく、古くからの馴染みの客か、刺青が入っていても大丈夫なので、その筋のひとか、ちょっとじめっとしたあやしそうなひとくらいしか来ない。露天風呂があり、銭湯にしては広くて風情もあるのだが、そこでいかがわしい行為が時々行われているという噂を聞いた。

今では固く禁止されているが、一度露天風呂で老人二人が抱き合っているのを見たことがある。自分の存在に気がつくと、さすがにさっと離れていたが、別に嫌な感じではなかった。老い先短いんだから、好きなこと存分にやりなよって気持ちになった。

そんな銭湯に、金髪の若者がいることに少し違和感はあるが、さっき肌で感じたのは確かに女の感触だった。

ここは男湯なので、当たり前だが女性は入れない。れっきとした男性器が付いているひとしかいないはずで、彼も生物学的には男性だが、いわゆるトランスジェンダーなのかもしれない。お洒落なセーターを着て、まだドライヤーで髪を乾かしている。その所作は普通ではあるが、そこはかとなく女の色香を感じる。

彼の裸体をさっきは見なかった。

急に、見たくなった。

そして、出来たら抱きしめて、犯せたらと思った。

自分はずっと、性的なことに興奮することはなかった。

女と付き合っていたのは何年も前のことで、もう付き合うことなんてないだろうし、かと言って風俗店に行って金を出してまで女体に触れたいとも思わない。

五十を過ぎて、そっち方面は自然に枯れていくのが普通で、そんなもんだろうと思っていた。

しかし、彼を見た瞬間に、心と身体の何かの器官が急にうずいてたまらなくなった。自分にこんな欲望が残されていたのかと驚いた。

彼が男なのか、女なのか、どうでもいい。

いや、彼は女だ。

どうしても近づきたくなった。

ここの銭湯のドライヤーは二十円で三分間使用出来る。そろそろ三分は経つ頃だ。どうしよう、と思っていたら、ドライヤーの電源は切れた。

あ、もう去っていくのかと思ったら、彼は財布から小銭を出して、また二十円を追加投入し、ドライヤーの音は再開した。

彼の髪は短いが、三分では完全には乾かせない。頭髪の殆どを失った自分はドライヤーなんて使わず、風呂から上がったらニット帽を被るだけだが。

少しでも彼に近づきたいが、話しかけるなんてそんな大それたことは出来ない。ただ、自然にゆっくりと、足が彼の方へ向かってしまっていた。

自分の熱っぽい視線に気づかれてしまったのか、彼がちらっとこっちを見た。

女だ。

完全に女の目をしている。

男湯に女がいることで興奮しているわけではない。この女が、自分の眠っていた劣情をいたずらに激しく刺激していることを自覚した。

彼への視線を外した。

髪を乾かしている彼の後ろを通り過ぎ、その横にあるトイレへ入った。

まえに入った時は臭気を感じて、それ以来使っていなかったが、今日は何も感じなかった。

さっきズボンを穿いたばかりだが、チャックをおろして、もう、膨張して張り裂けそうに硬くなっている陰茎を取り出して、たまらない気持ちで激しくしごいた。こんなことをするのも、実に久しぶりだった。

彼の小さな顔を思い浮かべて、その小さな唇に生々しく舌をこじ入れて接吻しながら強く抱きしめ、正常位のまま足を絡ませ、犯している姿を想像した。

あっという間に射精した。

若い頃みたいに精液は飛ばず、しごいていた手にべたっとだらしなくこびり付いた。量は多かった。

慌てて水を流し、指を丹念に拭き取るのに時間がかかった。最後はトイレットペーパーで拭いた。

こんな場所で自慰をするなんてはじめてだが、ふと、刑務所の中では受刑者たちはエロ本を持って「ちょっと抜いてきます」と言って、和式トイレの中でその行為をさっと済ませるというのを何かで読んだのを思い出した。

不思議な爽快感があった。


トイレを出ると、彼は黄色い毛糸の帽子を被って、黒いブランド物のリュックを背負って、出口に向かっていた。

後を追う気分ではなかった。

劣情はおさまっていた。

また、いつか、ここで会うかもしれない。

服を脱いで、もう一度湯に浸かった。

自分も老いぼれていないなと、苦笑いしたくなった。

まだまだ生きなければならないことに苦痛を感じていたが、少し気が楽になったようだ。

最初に入った時より、湯はぬるく感じた。

光明の街

ずっと海を見ている。スマホのアプリでよく知らない国のラジオを流しながら。

ビーチは海で遊ぶ若者で賑わっている。

潰れた海の家のようなボロボロの家屋を見つけて、そこの日陰で折りたたみ椅子にずっと座りながら何もしないで時を過ごす。

朝はゲストハウスでモーニングのトーストやサラダ、フルーツを食べ、昼はコンビニで適当なものを買い、夜は食べたり食べなかったり。

言葉の通じない国で、ただぼんやり過ごしてしまっている。

いちおう滞在の期限は決めてるが、本当に帰国するかわからない。

生きて帰れるか、わからない。

港町の繁華街は昼間歩くとまったくしけてるが、夜になれば色彩は鮮やかに艶めかしく、どす黒さを伴って光る。

ある一角にはロシア女性の売春バーがかたまっているという。売られて船で来たのか。前を通ったらビリヤードバーがあり、中には大柄な白人女性たちが、死んだような目をしてたたずんでいた。遠くからでも肌質が悪いのがわかる。あんな女を抱く男たちもいるはずで、そこに金を出す価値があるほどの快楽があるとはなかなか思えない。ひとの欲望は果てしないものだ。

いつだったか、繁華街の端のいかにも安っぽい定食屋に、ロシアの母娘がいた。二人して異国にたどり着き、どんな心持ちで暮らしているのだろうか。祖国の味からはほど遠いスープを啜っている寂しい横顔を見ながら思った。

通りにはわざとらしく刺青を見せて歩く男たちがいた。彼らがこの街でどんなシノギをしているのか。ロシア女性だけでなく、色んな人間を食い物にしているのはわかるが、彼等こそ誰かに食い物にされてるはずだ。激しい刺青は、彼等が死をすぐそこに感じてることから来る恐怖や、不安を弾こうとしている精一杯の虚勢に見える。

酒、薬物、女、ひとの命。

何でも金を払えば買えるような街に良心など、どこにも眠ってはいない。

街や路上に巣食う狂気と殺伐さを隠すように、夜通し、どこからか低音を割れるようにブーストしたダンスミュージックが流れ続け、カラフルな照明が足元を照らす。

通りすがる男女。

男にぶら下がる女は、こちらを一瞥して、憎々しげな顔をして唾を吐いた。

それが何を意味するかは、永遠にわからないと思った。

淡々と過ごすことを第一にしているので、こんな繁華街には足を踏み入れる気はなかったが、三、四日に一度は立ち寄ってしまう。何をするわけでもなく。

今は本当に贅沢で幸せな時間を過ごしていると身体の底から実感する。

自国にいて、朝から晩まで一心不乱に働き、妻と子、愛人の顔色を常にうかがい、必死で地雷を踏まないよう、息を潜めていた頃は本当に苦しかった。

今、ようやく、周りの風景を眺めることが出来る。

そして、今まで大切だと思っていたものを手放しても、何の悔いもない自分に驚いている。きっと、どれも少し前の自分には切実に必要なものだったはずだが。

異国に来たら、色々やることは決めていた。

はじめの一、二ヵ月は今までやりたくてもやれなかったことをやろうと思っていた。絵でも描こうかとスケッチブックや色鉛筆を持って来ていたが、こっちに来たらまるでそんな気にはなれなくて、ぜんぶ捨ててしまった。文章も書きたいと思ってノートパソコンも持って来たが、殆ど開いていない。なかなか読めなかった分厚い本も、なんでこんなもの読みたかったのだろうと思って捨てた。

スマホで音楽を聴ければ十分だった。

ただ、サウナの後に水風呂に入りたくなるように、この繁華街の隠しきれない悪の空気に触れないと身体が持たない気がしている。

誰にも会わないし、先のことを何にも考えられない日々は起伏のない道をただ平穏に歩いているようで、たしかに事故はないが、何かが物足りない。

サウナと水風呂を交互浴することにより、無理やり体内に刺激を与えて神経を鍛えられるのか、何かが漲ってくるような感覚を、平和なビーチと悪の匂いしかしない繁華街を交互に歩きながらつかもうと思っているのかもしれない。

渡航する前に学生時代の友人が、この国に住んでビジネスをしていることをフェイスブックでたまたま知って連絡を取った。彼のやっているビジネスに興味を覚えたので現地で会おうとメッセージを交わしていた。そのメッセージの中の「繁華街にだけは行かない方がいい」という文言を見て、彼と会う気がなぜかなくなって、また、過去の色々な繋がりも面倒臭くなりフェイスブックを退会した。

自分にとって、仕事、家族、愛人、友人など、それぞれ生活を形成するパズルのピースのようなものを、一旦ゴミ箱に捨ててしまっても、特に何も困らなく、むしろ清々しく機嫌よくいられている。

さて、これからどうしよう。

会社には、しばらく休む、としか連絡していない。

どうでもいいか。

保険やら税金やら貯蓄やら、今まで寸分の狂いもなく支払ってきたのは何だったのか。

今から繁華街の裏通りで銃を買って、こめかみに銃弾を撃ち込めば、そんなものはまるで意味がなくなる。

いや、残された家族に金は支払われるか。

自殺でも死は死か。

今日は強い酒を飲んで、早く寝よう。

珍しく、夢を見た。

小さい頃、家族で旅行に行ったことが夢になって蘇った。

両親、妹と、在来線に乗って、海のある街に行き、民宿へ泊まった。

砂浜で家族と遊んでいた。

子供の頃の思い出は宝だと、よく言うが、そんなことがあったことをずっと忘れていた。

実際はたぶんそれほど楽しくなかったような思い出ではあるが、夢の中では恥ずかしいくらい思い切りはしゃいでいた。

引っ込み思案の自分は、本当は思い切り笑って、家族とはしゃぎたかったのかもしれない。

ふと、繁華街で見たホームレスのひとたちが頭によぎった。

飲食店のゴミ箱を漁って、不衛生な残飯にありついてまで生きようとしていた。

あれは人間なのかよ、とつい思ってしまっていたが、あれこそ人間の姿だろう。

彼らは自殺なんてしない。

どんなに汚れてようが、不衛生だろうが、心の中に何か宝物を大切に抱えているから生きようとしているのだろう。

やっとわかった。

勘違いかもしれないが。

目が覚めたら、泣いていた。


ずっと海を見ている。スマホのアプリでよく知らない国のラジオを流しながら。

ビーチは海で遊ぶ若者で賑わっている。

潰れた海の家のようなボロボロの家屋を見つけて、そこの日陰で折りたたみ椅子にずっと座りながら、何もしないで時を過ごす。

朝はゲストハウスでモーニングのトーストやサラダ、フルーツを食べ、昼はコンビニで適当なものを買い、夜は食べたり食べなかったり。

言葉の通じない国で、ただぼんやり過ごしてしまっている。

いちおう滞在の期限は決めてるが、本当に帰国するかわからない。
生きて帰れるか、わからない。
わからない状態がここまで長引くとは思わなかった。
私はなんて頭が悪いんだろう。
嬉しくなった。

無題

彼が送ってきた本を、私はしばらくじっと眺め、ゆっくりと手に取った。

こういった自費出版の本を目にしたのは初めてで、思いのほかちゃんと作られていることに驚いた。本なんて、何年も買って読んでもいないけれど。書店で売られているものと変わらない。

表紙に亡き夫の名前だけが印刷されている。

大仰な感じを少し受ける。中のページをパラパラとめくる。

詩なのか、散文なのか、色々な文章が並んでいるようだ。

きっと、この中に私はいない。

私の知っている夫も。

彼が突然訪問してきたのは、夫の四十九日の法要が終わって、少し経った頃だった。朝、隣の布団で夫は亡くなっていた。原因不明の突然死だった。

驚いたのと同時に、私はこんな日が訪れることをどこかで予期していたことに気づいて、冷静に対処していた。

それでも諸々の手続きに追われ、少し疲労を感じていた頃、彼が玄関のチャイムを鳴らした。高価そうなスーツを着て、靴の手入れも行き届き、髪も綺麗にして、大きな声で挨拶してきた彼を一目見て、堅気ではなく遊び人だと判断した。どうしてなのかわからないが、それよりも夫に友人というものがいたことに静かに驚いた。生前に友人がいるという話は聞いたことがなかった。

「いやあ、ヤツとは高校の時にバンド組んでましてね。バンドと言っても、私とヤツの二人だけなんですが。ヤツの母親と私の母がたまたまバスで一緒になって、この度の訃報を聞きまして」

「わざわざありがとうございます。よかったら、ご焼香して頂けたら主人も喜びます」

私は無防備に彼を部屋に入れた。

お茶を出して、少しずつ話した。

「高校二年の時に、ヤツと同じクラスになりました。同じ帰宅部だったのでなんとなく仲良くなって、当時は貸しレコード屋というものがあって、そこに寄ったりしてました。ヤツは音楽や文学を独自の方法で何か面白いものを探してくるのに長けてましたよ。よく、色々なものを教えてくれました」

「そうだったんですか。家では音楽も聴かず、本も殆ど読んでなかったですが」

「ああ、そうなんですね。まあ、私も結局古いものを何度も聴いたり読んだりして、たいして進歩してないので同じようなもんでしょう」

そう言って、狭い我が家を彼はそっと見回した。

「あの机はヤツが使ってたものでしょうか」

「はい、そうです。週末、休みの時とかは何かノートに書きつけてたりしました。私はあまり興味がなく、何書いてるのかも知らないのですが」

「そのノート、よかったら見せて頂けたりしますか」

「ええ、かまわないですけど」

机の一番下の引き出しの中には、ノートが何冊もあった。数えてみたら二十二冊あり、それらをテーブルの上に運んだ。

彼は一冊ずつノートを丹念に見ていた。

「高校の時に組んでたバンドでは、彼が歌詞を書いていたんですよ。でも、彼は歌いたくないって言うし、私も下手なんで歌えないし。バンドは何回か練習スタジオに入っただけで、解散してしまいました。歌詞にはいい言葉があったなあって、今でもたまに思うんですよ。このノートにひたすら未完の詩や文章を書き連ねてあるのですが、原石のようなノートです。プロの編集者がうまくまとめ上げれば、ちょっとした本になりますよ。知り合いに出版社勤務の人間がいるので、一度あたってみます」

「そうなんですか。私にはわからない世界なので、お任せします」

そして彼に紙袋を渡し、彼はその中に全部のノートを入れて、急に意気揚々とした表情になり、帰る時に、何度も頭を下げていた。

仏壇に置いていった香典袋には、一万円札が一枚入っていた。


それから、ひと月に一度、彼が訪れるようになった。

夫の原稿はただ書き散らしていて、編集者がそれを見ても、どうまとめて良いのかわからなかったようだ。結局、彼がまとめて本という形にすることに決めた。そして、制作の進捗具合を報告しに来てくれるのだが、本にするということの意味も目的も私にはわからなく、ぼんやりと聞いていた。

「たしかにヤツの本を作ってみて、あちこちに配ったところで、反響などは期待してないです。

皆無でも構いません。ただ、形にしていたら絶対いつか、誰かが必要とする時が来る。このままノートに書き殴って終わりで済む言葉ではないです」

彼は、この言葉を何度も繰り返した。

自費出版で本を作るのに幾ら掛かるのか見当もつかなかったが、幾らか用立てしようかと申し出ても、それはきっぱりと断ってきた。

「もちろん、奥さんのお心遣いは大変嬉しいですが、この本はヤツと高校時代にやってたバンドの続きで、きちんと落とし前をつけたいんです。だから、ヤツと二人だけでやらせてください。甘ったるい男のロマンみたいで、わかりにくい話と思いますが」

彼の気持ちがだんだん伝わって来た。彼は何の仕事をしているのかいっさい話さないけど、夜にやって来て、ワインを一本持って来てくれる。私は適当に、パスタやらチーズを用意するようになった。

夫は飲まないひとだったので、私も飲まなかった。彼が買ってきたワインを試しに口をつけてみたら美味しく感じて、それからは一緒に飲むようになった。そのワインが高いものか、安いものかわからない。安っぽくはないように感じた。

いよいよ後は印刷所にデータを入れて完成するという時は、彼も少し興奮していた。

「結局ひとりで全部仕上げるということは難しくて、最終的にはデザイナーの力を借りて、何とか形になりました。後は、本が送られてきて手に取るだけです。変なミスしていたらどうしようって思いますが、また、その時は作り直しますよ」

「ちょっとくらいのミスならいいじゃないですか。お金も掛かるだろうし」

「いや、この本は完璧にしたいんです。私は今まで、一度もまともな仕事をしたことがないんです。世間体には聞こえの良い企業に勤めていますけど、単なる歯車なんです。私がいなくなっても、すぐ代わりを見つければいいだけのこと。だけど、この本を作るのは私しか出来ない。それこそが心血を注げる仕事なんです」

彼は少し酔いが回って来たのか、目元が潤んでいるように見えた。

「高校時代、ヤツと自転車で家に帰りながら、河原に向かって、世界をぶっ壊してやる！と叫んだものです。ヤツが先に言い出して、それから私も口にするようになって。若気の至りのようなものかもしれませんが、あの時は本気でそう思っていたんですね」

私は、彼に近寄り、ゆっくりと頭を抱いた。彼は勘違いしたのか、喉の奥で小さく甘いうめき声を発していた。

私は彼の胸ぐらをつかんで、一気に言葉を吐いた。

「世界をぶっ壊してやる？　一度叫んだ言葉は引っ込めるなよ！　今からやってみろよ、それが出来ないなら茶番で、本なんか作るんじゃねえよ！」

どうして、自分の中からそんな衝動的な言葉が出て来たのかわからなかった。生まれてきてから、ずっと蓋をしていた何かが開いてしまった。思考停止して、演技して生きているのが当たり前だと思ってきたのに。私も、酔っていたんだと思う。でも、その言葉は紛れもなく本心だった。

一瞬、しまったと思ったが、遊び人の彼はずっと上手だった。すっと私の口を唇で塞ぎ、お互いぎこちないまま鈍く悶えている間に、私の服を全部脱がせていた。

「あんまり使い込んでないんだねえ」とわざと露悪的な声で言って、私の性器をじっくり見て、唾液をたっぷり出した舌で執拗に舐めたり吸ったりした。私は何度も絶頂を迎えたけど、今思うと、それは夢の中の出来事か区別がつかなかった。


彼が送って来た本を、私はしばらくじっと眺め、ゆっくりと手に取った。

こういった自費出版の本を目にしたのは初めてで、思いのほかちゃんと作られていることに驚いた。本なんて、何年も買って読んでもいないけれど。書店で売られているものと変わらない。

表紙に夫の名前だけが印刷されている。

大仰な感じを少し受ける。中のページをパラパラとめくる。

詩なのか、散文なのか、色々な文章が並んでいるようだ。

きっと、この中に私はいない。

私の知っている夫も。

本をゴミ箱にぶち込んだ。

帰還

帰宅したら、娘がいて「おかえりなさい」と言われた。

掃除のパートの仕事に行き、銭湯に寄り、スーパーで自分が飲むビールだけ買って帰る、いつもの日常の夕方。何かおかしなことでも起こっているのか。一瞬、立ちくらみがした。

娘はテレビのお笑い番組を見ている。私が知っている娘と違って、もうすっかり大人になっているが、顔や姿形の印象は、最後に見た時からそれほど変わっていない。妻に似て、小柄だからか。

台所で食事の準備をしている妻に、「おい、娘がいるぞ」と声を掛けたが「それがどうしたの？」とぼそっと答えるだけで、こちらの顔を見ない。

娘は死んだのだ。九年前に。

学校でいじめに遭い、自殺した。

警察の霊安室で亡骸を見た時から、私の記憶は途切れ途切れになっている。

地元でもニュースとなり、学校に何度も足を運び、教育委員会とも調査に関する話し合いを細かく重ね、いじめた生徒達を特定し、損害賠償の請求をした。

こちらは正当な手段を取ったままでだが、周りから色々あることないことを言われ、妻と共に疲弊して、未知の街に越すことにした。

娘はこの街を知らないはずだが、どうしてここにいるのか。いや、どうして生きてるのか。

食事を三人で、さも、何十年も経て来たような家族の団欒のように、至って普通に済ませた。

「ごちそうさまでした。友達からラインが来て誘われて、ちょっとカラオケに行ってくるね」

「あまり遅くならないでね」

「はーい」

妻との会話も普通だ。

娘が出掛けて、私はビールを飲み干して、妻の顔をちゃんと見た。

「おい、あれは何なんだ！　娘がここにいることをどう思っているんだ」

つい語気強く言ってしまったが、

「あら、いいじゃない。家が好きなんでしょ」と妻の答えは異変が起こってることに気づいていないような口ぶりで、私はさらに混乱してきた。

「娘は死んだだろう！　一緒に骨を拾ったじゃないか、あんなに泣きながら。忘れたのか、それともボケたのか、お前は」

「何の話をしてるの？　お風呂でも入ったら？　あ、今日は銭湯に行く日でしたっけ」

話にならない。

妻はボケてしまったのだろうか。そんな予兆はなかったが。それで、どこかから娘そっくりの女性を家に連れて来て、芝居を打たせてるのか。今の時代、金さえ出せば色んな仕事がある。考えられない話ではない。

ふと、妻を眺めた。

老いてはきたが、尻や胸の肉付きはなかなか良い塩梅で、時々密かに悶々としていた。娘があんなことになってからは一度も肌には触れてなかったが、ふいに欲情の渦が小さいながらも下半身の中で頭をもたげてきた。

「こっち来いよ」と、半ば強引に妻の手を引っ張り、寝室に連れて行った。「ちょっと！　正気なの？」と尖った声で責められるが、そんなことは気にせず、後ろから重たく柔らかい胸を揉み、耳たぶを噛みながら強く身体を開くと、妻は早々と降参したようだ。

「ああ、ああ、気持ちいい」と甘い声を出してきた。身体をこちらに向けて服を脱がせて、乳首を噛んだら大きな声で喘いできた。この声は若い頃とあまり変わらない。

自分の服はズボンとパンツだけ脱いで、慌ただしく無骨に妻の身体に入り、短い間だったが快楽を味わって、射精した。


終わって、しばらく呆然としていた。自分が性行為を行うことが可能だったことと、妻がすぐ受け入れてきたこと。全く性交渉がなかった時間は何だったんだろうかと。

娘が死んでから、妻への劣情は完全に押し殺して、そんなものは初めから無かったものとしてきた。

妻もきっと同じ気持ちだったのだろう。寝室も別にしていたが、それを不自然と思うことは全くなかった。

だけど、私は本当は妻を抱きたかった。性交を終えて、身体中に血が漲るのをはっきりと感じていた。


「あなた、早く服を着てください。もうすぐあの子が帰って来ますから」

妻の声で目が覚めた。私はほんのつかの間だが、眠ってしまっていたようだ。

慌ててパンツとズボンを穿いて、洗面台で歯を磨き寝室へ向かい、もう寝ることにした。

死んだはずの娘が帰って来て、何年も肌を合わせていなかった妻と性交して、今日は本当になんて日なんだろう。

夢の中でも、半ば夢ではないような、ずっと娘のことを考えていた。

娘と役所に行って、戸籍や住民票、健康保険証の手続きをしていた。

死んだはずの娘の書類を再発行するなんて馬鹿げている、どこかで真実という現実を突きつけられるはずだと思った。しかし、事情を話したら、いとも簡単に戸籍の修正や保険証の再発行などが出来て、狐につままれたかのようだった。

ひょっとしたら、ボケてるのは妻ではなく、私の方かもしれない。

認知症患者は、自分のことを認知症とは思わない。

絶望のような、諦めのような、もう、これ以上何かを思ったり考えたりすることは、自分の心では飽和状態だった。一度、すべてを受け入れて流すようにした。

受け入れて、流す。

矛盾しているようだが、生き抜くための大人の所作である。

娘が死んで、覚えたことだ。

いつも通りの朝が来た。今日はパートもなく、特にやることはない。

朝食を妻と食べていたら娘が起きてきて、食卓について一緒に食事をする。

「昨日はカラオケ、楽しかった？」

「うん、盛り上がった。今度、ママも一緒に行こうよ。パパはいや？」

「いや……まあ」

「家族で行ったら最高に楽しいと思う」

「そうね、お母さんもカラオケなんて久しぶりだから行ってみたいわ」

「ね。三人で行こうね」

この会話は何なんだろうか。夢の中にいるのだろうか。

娘が死んでから、家に様々な新興宗教の人間がやって来て「死後の世界の娘さんとお話が出来ます」などと胡散臭いことを真顔で、親身になって誘ってくる連中がいた。彼らはどういうわけか、着るものがひどく質素なのが気になった。

当時の私は憔悴し切っていたし、娘とちゃんと話したいと思ったが、信じられないくらいの高いお金を納めて、嘘くさいだけの祈禱師なんかがやって来るのかと想像して、気持ちを鎮めた。

あの時は、ただ、娘が普通に平凡に生きていてくれさえしたら、何もいらない。それだけで、最高の幸せだと思っていた。娘と同年代の若者からはずっと目を背けて生きてきた。

食事を終えて、庭に出た。

小さな庭だが、植木に水をやるのが私の楽しみな日課である。植物は何も語らないが、水をやると成長する。

空は曇っている。こんな空は何回見て来たのだろう。そして、後、何回見るのだろう。

何が現実か、何が夢か、何が嘘か、もうどうでもいい気がした。

遠くに晴れ間がのぞいた。

EARLY TIMES

岸さん

喘息がどうにもしんどい。

大学病院で二ヵ月に一度、注射を打ち薬もたんまり貰っているけれど、一向に良くならない。もう、医者通いをやめようかとも思う。発作時に飲む薬や吸入薬が無ければ、切実に生命が危うい。薬が効かないのではなく、もう自分の身体には体力がないのだろうか。

元気な時は昼間から激しいセックスをやり、自転車で街を走り回りサウナに行き、夜遅くまで遊んでたりする。

かと思えば、特に運動もしていないのに、発作で息苦しくなる。

そんな状況にうんざりしてきた。

今、二ヵ月に一度打ってる注射は、重症患者向けの治療で、ひとり親家庭の公金の補助で殆どタダ同然で受けられる。新薬なので通常ならとても払える金額ではない。補助が無くなれば高額療養費制度を使うしかないけど、それでも数万円は掛かりそうだ。

子供が成人して巣立ったら、生活保護を申請してそれが通れば医療費はタダとなるから、注射も打てる。

誰にも会わずに、隠遁した生活を送ってみるのも良いかもしれない。

身体が弱ってくると、そんなことばかり考えてしまう。

十年前は何をやっていたのかなあと思い出してみたら、当時は倉庫でバイトをしていた。急に息子を引き取ることになり、タウンワークか何かで探した仕事だった。まだ息子は保育園に通っていたので、送り迎えに間に合う時間帯の仕事しか出来なかった。

今思えば、ハローワークでゆっくりと正社員の仕事を探しても良かったとも思うが、子供の病気で早退や欠勤はしにくい。まだ当時は働き方改革が施行される前で、時間通りに退勤できるとは思えなかったので、学歴も何の資格も取り柄もない自分には苦しかったけどアルバイトしか選択肢はなかった。

立ち仕事で九時から十八時まで働いて、保育園に息子を朝一番の七時半に送って、お迎えはギリギリの十九時半前に行ってた。

あの頃は、体力あったんだなあと思う。喘息は持病ではあったけど、今思えばたいして発作は出てなかった。


その倉庫は大手運送会社関連のもので、自分が配属されたのは外資系のアパレルの倉庫だった。

どういう仕組みなのかはわからないが、ブランドものの洋服がかなりディスカウントされて販売されていた人気の会員制ファミリーセールのサイトで、商品がその倉庫に入ったばかりだったため、最初はなかなか混乱していた。

自分みたいにレギュラーで勤務している人間は半分くらいで、後はその日の物量によって派遣バイトで来ている人たちだった。商品のピッキング、梱包などをやっていた。

社員のひとの中には稀にいいひともいたけど、ドライバー上がりの気性の激しいひとや、とにかく一日の荷物量とコストに追われてか、みんなピリピリしていて、バイトのひとたちには厳しかった。

虫を殺すような目で、よく睨まれた。デスクに座って主にパソコンに向かってる彼らからすると、バイトなんてただ立ち仕事をこなすしか能がないどうしようもない人種だと認識してるんだろう。そう思わないと、きっと彼らも仕事としてやっていけないんだろうなとはわかっていた。

短い時間帯勤務のパートの主婦たちは、割と穏やかで、休みの日は連れ立ってピクニックに行ったりもしていて仲が良さそうだった。倉庫の辺りは、都内でも一等地なので、生活自体はある程度ゆとりのある主婦たちだったようだ。

男のバイトは独特なひとたちばかりだった。地元にずっといて金には困ってないやつか、社員にもなれず、ただ身体を使ってしか稼げないひとたち、本業は占い師と言ってた胡散臭いひと、自分みたいなひとり親家庭の人間なんか他にいないいし、相当おかしいと思われていたと思う。時給は安かった。

平日は倉庫で働き、土日のどちらかはライブをやって、何とか稼いでいたのか。

今思い返しても、暗黒期だったなあと思う。

現場でちょこちょこ会話するようになったひとはいたけど、その誰ともちゃんと連絡先を交換などしていないのは、今になって寂しいなと思う。よく一緒に仕事していた綺麗な主婦のひとたちなど、元気かなあとたまに思い出す。


そんな中で、このひとにはもう一度会いたいと強く思うひとがいる。

岸さん。

男性。

下の名前は覚えていない。

年齢は自分より、少し下くらいか。

髪は白髪交じりだったけど、いつもスポーツ刈りで綺麗にしていた。

岸さんは、誰とも話をしていなかった。

声を掛けると、必ず一瞬ギョッとされる。怒られたりすることを想定していたのかなあと、切なくなる。おそらく、これまでの人生経験からか、そういう習性を得てしまったのかなと思う。

とにかく岸さんは一心不乱に仕事をしていたが、それは全くひととの関わりを断ち、私語なんて交わさず、一日ただ働きに来て帰る、という感じだった。

朝礼の前、殺伐とした倉庫にみんなが集まり、そのちょっとした時間にある時から岸さんに話しかけるようになった。

話しかけると岸さんは、決まって少しギョッとするのだが、だんだんそれはなくなった。

話すといつも笑顔を見せてくれるようになった。

倉庫の辺りが地元で、妹さんと二人で暮らしてること。

今思い出しても、それくらいしか岸さんの情報はなかった。

他のセクションでリーダー的なバイトの韓国人のひとから「岸さんと何話すんですか？」と笑われながら言われたりした。

岸さんはその職場では、皆に全く無視されていた。

思えば、自分はそういう人間と割と仲良くなった。小学校や中学校の頃のこと。保護者同士で仲良さそうな出来のよい子供よりも、何か親に問題があったり、陰があったりして、クラスの端っこにいるような子供に自然と近づいていた。

その頃はまだ勉強などで落ちこぼれたりしていなかったが、自分には吃音があったので、どうせまともな大人にはなれないんだろうなあという予感があった。その予感は、悲しいくらいに当たってしまうのだけど。

その倉庫で、二、三年は働いていただろうか。とにかく面白くはなく、やたらと怒るバイトにキレられたり、ロクなことはなかった。

時々、息子が発熱をして、休んだり、早退もした。ズル休みも時々した。仕事に向かうつもりが、朝から映画を観たりしていた。弁当を毎日作っていた。職場で食べる時は普通に食べてた弁当だったが、ズル休みをして外で食べたらやたら不味かったことを強く覚えている。食べる場所によって、なんでこんなに味が違うんだろうと思った。

その頃は、多少病んでいたのかもしれない。

息子にちょっとした出来事があり、これは母親の力を借りなければどうしようもないという時に異国にいた元妻に連絡したが、二年ほど何も返信がなかった。

どんどん追い詰められていって、よく破綻しなかったと思う。

それはやっぱり大した金にならなくても、ずっと音楽活動を続けていたからで、友人や仲間はいた。その頃作っていた曲は、沈鬱な曲が多く、あまり思い出さない。


職場を辞めることになって、岸さんにそのことを話すと「寂しくなりますね」と言われたことをはっきりと覚えてる。

岸さんが好きだったのは、いつも綺麗だったから。彼は孤独だったけれど、その身に纏った空気はいつも綺麗だった。

自分が音楽をやってるとか、話したことはない。ただ、その職場で同じ身体を使う同僚として付き合っていたし、それで良かった。

人生で何を残してきたかと問われると、「特に何もありません」としか答えられないけれど、あの時、岸さんに「寂しくなりますね」と言われた時の胸を締めつけるような、はかない思いに駆られたことは忘れられない気がする。

とても小さなことだけど、自分が生きてきた証がその言葉に残されたと思っている。

今でも時々朝の寝起きに、あの倉庫の光景を思い出す時がある。

新幹線に乗って東京へ行き、倉庫の前まで行く。

夕刻に倉庫から退勤して、リュックを背負ってひとりで駅まで歩く岸さんを探し出して会いたい。

だけど、ゆっくり目が覚めるとそんな気持ちも薄れ、喘息の軽い発作を抑える吸入薬を吸って、落ち着いてしまう。

せつない朝には慣れてしまった。

雨宮さんのこと

飲み屋とかで、つい、「物を書いている」と言ってしまうことがある。それが生業ではないけど、時々何かを書いて、それでお金を貰っている。

大抵、「書くってすごいなあ、もう自分には書けない」と言われる。大学も出て、しっかり仕事もして、話し方もきちっとしてるのに、何で?と思ったりするが、そういうものなのか。

かつて、インターネットによって、個人で発信が出来る可能性を知った時は、さすがに興奮した。

パソコンを手に入れてから、早速、自分でホームページを作って、そこに日記を書いたり。後に、ブログと呼ばれ、ブログサイトでも書いたりしていた。

今は何だろう。Xの投稿はお気軽だが、妙に慎重になり、Instagramは写真メインとなって、みんなあまり言葉を交わさなくなってきたような気がする。特に若い世代は細心の注意を払ってるような。みんな、少しでも目立つと叩かれるのが怖いかららしいが、本当だろうか。

たしかにちょっとした失言で炎上したりする。

ネットの監視社会は恐ろしい。

もう、自分みたいな初老の人間には怖くも何ともないけど。

炎上しようが何しようが、どうでもいい。

こんな世界は。


書くことは、一時は完全にやめてた。

書くことで、何も良いことが起こらないと知ったから。

これは今でもそう思ってる。

書くことで、必ず誰かを傷つける。

これは故意でなくてもだ。

誰が、どう思うかなんてわからないけど、言葉は何かを傷つける最大の武器だと思う。

よく、三流文芸評論家みたいなのが、「書くものに私怨を込めるのはやめよう」なんて言うが、私怨がない表現なんて何も面白くないし、私怨を込めないように努力すればするほど、私怨というものは必ず滲み出るものだ。

私怨なんて私は微塵も文章に入れこんでません、という物書きがいたら、あなたの文章には何も魅力はないから、筋トレでもしといたら？としか言いようがない。


ライターの雨宮まみさんが死んだと聞いた時、悪い冗談かと思った。いや、人間が生きて死ぬことなんて、悪い冗談みたいなもんだろと咄嗟に思い返したことを思い出す。

四十歳になりたくなかったと何かで読んだか、聞いていたので、彼女は自分なりに自分の人生を周りには目もくれず、完結させたのかと思った。

葬儀にも参列したけど、なぜだか悲壮な感じが自分にはしなかった。

彼女の持ってるエレガントで強靭な何かが、死んだからと言って、消え去ることがないように思えたからだろうか。

もちろん、段々死の重さは実感してきて、時間が経って新宿の街を歩いていて、もう、この街にもこの世界にも彼女はいないんだなと思ったら、急に情緒的な気持ちが襲って来て、紀伊國屋で彼女の本を買い求めたりした。

ただ、彼女の本はどれもあんまり好きではなかった。

うまく言えないけど、彼女の持ってるエネルギーと、本の相性が噛み合ってないような気がずっとしていた。

もっと凄い本を作れたんじゃないかと思ってる。

色んな雑誌、エロやAVやミニコミや、細々としてた原稿を無数に書いてきていたはずだけど、それらを集めた本はない。

本人が意識して書いてたブログや書籍用の原稿より、彼女の生業の雑文家であったはずの原稿が今、まったく読めないというのは何とも言えない。

なんて書いてるが、彼女がどういう仕事をしてきたのか、実際のところは殆ど知らない。何となくそうだろうなあと思ってるだけである。

まだ学生か、大学を卒業する頃の「雨宮まみ」と名乗る前の彼女と出会って、フリーターから就職、そして、ライターとして独立するまで、今思えば、あっという間で、時代に乗ってきたようにも思える。

いや、そうでもないのか。

自分の原稿をまとめて、単著として出すのには結構時間が掛かっていた。

ライターは狭い世界なので、色々なことがあったと思う。

でも、彼女の口から愚痴めいたものは殆ど聞かれなかった。

一度、ある映画の初号試写に一緒に行ったことがあり、そこで、彼女の先輩でもあるライターがいた。主にＡＶ関係のものを書いていて、自分も面識があった。彼女が駆け出しの頃はブログで、彼女のことを推していた。

だが、彼も彼女も牽制しあってるのか、挨拶もしてなかった。

帰りの車の中で、「彼に嫌われてしまったんです」と聞いた。

その原因が何なのかなど、聞かなかったし、彼女も話したくはなかっただろう。

ただ、それだけ言って、話は終わった。

よくある話だけど、今思い出すと、妙に切ない。

彼女も、先輩のライターも、同じ孤独を味わっていたのかと思うと。


渋谷でオールナイトのイベントがあり、自分の出番は最後で午前四時くらいから歌った。

彼女は当時の彼氏と来ていた。

その出番だから、客席は殆ど寝てしまっていたんじゃないかと思うが、彼女は背筋を伸ばして、じっと見てくれていた。彼女の姿を目視していたわけでなく、気配を感じただけだが。

「あなたの身体つきは男らしい」という感想メールを、明け方に貰った記憶がある。

彼女のはじめての単行本は共著で、献本したいので住所を教えてくださいとメールが来て、すぐ電話して、おめでとうと言った。

とにかく嬉しかった。

その時、自分は宅急便の仕分けのバイトの夕食休憩で、その電話を掛けた後、歯を磨いた。

どんな現場でも、食事の後は歯を磨くようにしていた。

何でそんなどうでもいいことを覚えているのだろうか。


ふらっと、新宿でお茶でも誘う時、彼女に電話したら、その大抵は美容院にいた。

だから、お茶したことは案外少ない。

いつだったか、夜中の西新宿のファミレスで会ったことがあった。彼女は当時、その近くに住んでいたが、自分は遠かったのに、何で夜中にそんな所にいたのか。

これは何でなのか、思い出せない。

三十代の頃は、まだ色々ふざけて生きていた。

この間、久しぶりに福岡に行った。

東京に住んでいた時は飛行機で行ったが、今は大阪在住なので、新幹線で向かった。

関西と違い、暑くても、風が吹いて、湿気はあんまり感じなく、気持ちいい。日差しの種類も違う。海が近いのはいいなあと思う。

夜の七時半になっても、まだ明るい。

繁華街の大名という場所は、最近華やかでお洒落な店がたくさん出来てるそうだ。

たしかに歩いているのは、若者が殆どで、韓国からの観光客も多く、なんとなく半分は韓国人なような気もした。

五十半ばの自分だが、サングラスを掛けて、ダメージジーンズを穿いていれば、まだこんな街も歩ける気がした。

雨宮まみさんは、福岡出身で、東京に出て来た。

福岡に対しては、愛憎にまみれていたのか、あまり良いことを言ってなかった。特に福岡の男性を嫌っていた。

地方から東京に出てくる女性は、大抵同じようなものかもしれない。

だが、彼女の骨は親に抱かれ、きっと福岡の墓で眠っていることだろう。

福岡の空は、東京とも大阪とも違って、何か吸い込まれそうな深い青だなあと思った。何だか永遠を感じた。

いつか、墓の場所がわかったら行ってみようか。

行かないか。

きっと、自分が行っても、彼女は喜ばない気がする。

たぶん。

この駅にて

この駅にたどり着いたのは、何年ぶりだろうか。

八年くらいか。それまでは、年に一度は来ていたのに、随分間が空いてしまった。

昨日は久しぶりのライブだったからか、お客さんはたくさん来てくれて、主催者の謝礼は思ってたよりたくさん入っていて、とても有り難かった。お金はすぐにATMに預けた。

今日は帰る予定だけど、昼まではのんびりしたいと思っていた。

ホテルには大浴場も付いていて、朝食のモーニングのバイキングは千五百円で食べられるけど、一昨日もライブがあり、疲れが溜まっていたからか、チェックアウトのギリギリまで眠っていた。

なかなか思うように、身体が動かなくなってきた。

もう歳か。

こんな風にギターや荷物をひとりで持って、旅に出るなんていつまでやれるだろうか。

七十歳を過ぎても、回ってるひとはいる。強靭な体力と精神力だなと思う。

とりあえずシャワーを浴びて、歯を磨き、髭を剃った。

荷物はフロントに預けて、街を散歩することにした。

昨日は午前三時くらいに打ち上げはお開きとなったけど、それから他のみんなはうどんを食べに行っていた。

自分も行きたかったけど、一時間のステージをやり、何時間も打ち上げにいたら、体力は限界で、すぐに眠りたかった。

真夜中のうどん、行きたかった。

でも、今からひとりで行こう。

繁華街の中に、目当てのチェーンのうどん屋はあった。

はじめて入るうどん屋だった。

注文はテーブルの上からタッチパネルの端末で行う。

モーニング定食が五百円であって、それにした。

うどん、ごはん、だしまき、お漬物、味のり。

これはいい。うどんは、今まで食べたことのない味だった。出汁はさば節を使ってるという。

美味しい。これは近くにあったら、通うと思う。

身体は疲れきっているのに、食べることへの執着は衰えない。自分はまだまだ生きるかなとも思う。

隣のテーブルに目をやると、老夫婦が同じ定食を食べている。

二人とも、七十くらいだろうか。男は精悍な身体付きで、スポーツウエアを着ている。耳にはピアスも。靴はコンバースのハイカットを履いている。かなりお洒落だ。

おそらく妻である女性も、どこかのクラブのママをしているかのような芳香を醸し出している。豊かな肉体は、磨かれているのがわかるような気がする。

こんな月曜の朝から、二人でうどん屋で定食を食べるなんて、なかなか元気なんだろう。夜は、まだ愛し合ってるんだろうなと思う。


店を出て、ぼんやり歩く。

昨日はライブ前に、中古レコード店を二軒回ったが、目ぼしいものはなかった。店舗は広いので、入った瞬間ときめくのだが、いざ、棚を漁ると何もない。

良いレコードは高く売れるので、ヤフオクなどに出しているのかもしれない。

まあ、散財しなかったのは良かったのか。

商店街の安いチェーンのカフェに入って、コーヒーを頼んだ。

ふと、近くにあった喫茶店がいつの間にかなくなっていたのに気づく。ビルの二階にある小さな喫茶店だった。どこの街も個人経営の喫茶店は消滅しつつあるから、仕方ない。

もう、十数年前か、その喫茶店で、前に結婚していた女性と朝、お茶を飲んでいた。一緒に旅をしていた。

手にした新聞に、ある作家が外国に住んでいて、家の裏で飼い猫が産んだ子猫を崖下に放り投げ殺しているという記事が載っていて、それを読みながら「しょうがないんかなあ」と何気なく呟いたら、彼女が突然涙目で、その作家の行為に激昂した。気持ちはわかるが、その突然の豹変に怯んだ。

それからしばらくして、彼女の妊娠が判明した。

あの時、子を宿していたから、本能的な何かが激しく反応したんだろうと今では思う。

そんな子も、なんとか成長して十七歳になった。そうだ、今日の午後から彼が通う高校で三者懇談があるのだった。ひとり親で育てているので、自分が行かなくてはいけない。

息子も自分と同じで勉強嫌いなので、行くのが憂鬱だ。学校での話で、良い話や、嬉しくなる要因はおそらくなさそうだ。

普通に元気に登校して、楽しそうではあるので、それだけで良しにしようか。

周りで不登校の話を聞くと、その大変さ、親御さんが心配する心持ちは想像出来ない。

子供を持つとよろこびもあるが、誰もがみんなそれぞれの事情を抱えて、逃げ出したい気持ちもあり、なんとか踏みとどまっているようにも思う。

ああ、あんまりこの街でゆっくりは出来ないか。

ホテルに戻り、楽器や荷物を受け取り、駅で切符を買う。

土産物売り場で、昨日父の日だったので、実家に送るものを見繕う。

冷凍の「ごまさば」があったので、それを宅配便で送ることにした。さばの刺身を醬油だれとごまであえたもので、これはなかなか食べられない。

そう言えば、これをお土産で頂いたことがあった。

この辺りに実家があった青年で、ひょんなことで知り合い、慕ってくれて、一緒にお茶をしたり、地方のライブにひょっこり来てくれたり、自分が描いた絵を一万円で買ってくれたりした。

そんな彼がはじめてライブイベントを主催することになり、出演を快諾した。

ところがイベントが近づくにつれ、彼と連絡が取りにくくなり、結局イベントは中止になった。

コロナ禍だったので、イベントの中止は珍しくはなかったが、何があったのか主催者が急に閉じてしまっての中止は殆ど聞いたことがない。

彼はバンドもやっていたが、その活動も辞めてしまい、自分とも周りとも連絡は途切れた。バンドのメンバーが自宅を訪ねても、在宅してる気配はあっても出て来なかったという。

それから、初冬の頃に、彼が亡くなった報せを聞いた。

母親が連絡を取れなかった彼を心配して、新幹線で向かい、大家に部屋の鍵を貸してもらって入ったら亡くなっていたという。

元々持病も抱えていた。

小柄で、顔も小さく、なにか儚げだった彼は、おそらくこの駅の売店で「ごまさば」を買って、自分のところに持って来てくれたのだろう。

しばし、駅の待合室のベンチで眠ってしまった。周りは外国人観光客で賑わっている。みんな楽しそうだ。

切符は指定のものを取ったが、その列車に遅れても、自由席ならば乗れる。

慌てなくて、いいか。

鞄にある本を手に取り、ワイヤレスイヤフォンを着けようとしたが、やめた。

言葉も、音楽も何もいらない。

どうせ、全部ケチな金目当てに作られた商品だろうと思うと、嫌になった。

旅に出たい。いや、今、出てるか。

荷物も抱え、家族の用事もあり、金はない。

誰にも会いたくない。

こんな時、どこに行けばいいのか。パスポートは自宅にあるけど、有効期限は多分切れている。外国に行く気力なんてないけれど。

小心者の自分は結局、ちゃんと家に帰り、服を着替え、高校の懇談の時間に遅れずに行ってしまうだろう。

ふと、昔の旅の思い出が色々蘇る。まるで、メリーゴーラウンドに乗ってるかのように、映像がくるくると回り出す。

どれも青っぽく、薄い色をしている。

楽しかったなあ。

いや、それほどでもなかったか。辛いこともあった。

でも、やっぱり若い時にしか、本当の旅は出来ないと思う。地図のない旅こそ旅で、帰る場所があるのは旅ではない。

今はただ、彷徨ってるだけだ。

「もう、どこにも行くところはない」

口の中で呟いていた。

体調は特に悪いところはなく、しんどくないはずなのに、身体が動かない。

おかしい。

周りを見る。

きっと、自分みたいなやつはあちこちにいるはずだ。

そこに座っている小綺麗な格好をしているサラリーマンも、あんな高価そうな靴を履いているが、きっと会社の上下関係や家族、愛人との軋轢で心中は死にそうな思いをしているだろう。

向こうの欧米人も、肥満でまず身体を悪くしているようだ。あんな体形では、本国では家族や友達から疎まれているだろう。今着てるヨレヨレのTシャツはかなり臭そうだ。

隣のご婦人は……

そんなこと想像するのも馬鹿らしくなってきた。

掲示板で次の列車の時間を確かめる。もう十分くらいで、次の列車が来る。これに乗って帰ろうか。

足元を見た。

bonaqua

モーニング・セットの後

朝からカラオケを聴くなんて、はじめてかもしれない。朝と言っても、午前十一時を回ってはいるけど。

ここは喫茶店で、前は友人と何回か来たけど、今日はひとりで来てみた。ドヤ街のちょっと外れにある店で、一見、割と普通のよくあるような喫茶店ではあるけど、やはり西成という場所がら、入ってみると特異な空気は流れている。

喫茶店ではあるけれど、飲み屋としても営業しているので、カラオケもいつでも歌える。

老婆二人連れの客の一人が歌っている。歌は何かの映画でカラオケを歌うシーンで聴いた曲だ。色っぽくて情熱的な歌謡曲は確かにこの店に合うが、歌ってるのは寝間着のままのような老婆なのが何とも言えない。家はすぐ近所なんだろうと思う。

昭和の小悪魔的な歌手が歌った曲で、当時はかなりコケティッシュでスタイルも良かったはず。

さっとスマホでその歌手のことを調べた。今、歌われてる曲は自分が生まれた年に発売されていた。当時歌ってた歌手と、今、西成のカラオケで歌ってる老婆は同世代ということか。歌手もまだご存命だが、芸能人だから今もそれなりに美貌は保っているんだろうなあと思う。

老婆の歌声は悪くなかった。

モーニングのコーヒーのお代わりを、店のママが淹れてくれた。味は薄いけど、こんなサービスしてくれる喫茶店はない。

この店は中国人の美人のママがやっている。常連客にも、たまにしか来ない自分のような客にも、優しい。

前は相方的な男性がいたが、今日はいなかった。

大阪と言っても、色んな場所がある。

この間、初めて岸和田に行った。

だんじり祭のイメージしかなかったが、古風な城下町でもあり、古く由緒ある和菓子屋があったりして、意外だった。漁港が近いし、ちらっと入ったスーパーの刺身は美味しそうだった。入らなかったけど、飲み屋に集う男性たちは屈強そうだった。ちゃんと見たわけではないからわからない。

東京で出会った岸和田出身の女性は「もう岸和田には帰らない」と言っていたことを思い出した。

街なんて、ちょっと歩いただけでは何もわからないけど、未知の街をもっと歩かなくてはとも最近思う。

だんだん、いつまでちゃんと歩けるのか、歩けるうちに色々行きたい。歩くというのは、相当に健康であるということを最近実感している。

少し前に、膝が急に痛くなり、目的地まで徒歩十分くらいなのに、歩けなくなりタクシーを使ってしまった。

整形外科で診察したら、特にどこが悪いわけではないけど、歳相応に膝の骨の部分も磨耗していると言われた。以前、腰を痛めたので、腰から来るのかもしれないとも。医者というのはいい加減なことしか言わない。

気休めのリハビリに何回か通ってるうちに、膝の痛みはいつの間にか消えていた。


歌い終わった老婆が「おにいちゃん、大きな声で歌ってごめんね」と言ってきた。よく見たら顔つきは可愛いらしいし、清潔感もある。昔はモテたんだろう。

「いえいえ、大丈夫です。ガンガン歌っちゃってくださいよ」と返事したら、「あんまり歌ったら破産するわあ」と笑われた。

カラオケを歌うには一曲百円掛かる。破産なんてのは冗談としても、百円とは言え、贅沢な遊びなんだろうなと思う。彼女たちは年金生活者だろうが、幾らくらい貰えているのだろうか。

店の奥のテーブルには、いつも男性陣が三、四人陣取っている。

誰が見ても堅気ではない雰囲気だが、怖そうな感じでもない。

そのうちのひとりは、近くの銭湯で何回か一緒になった。正確にはサウナ室でだが。

この辺りの銭湯は殆どが朝の六時から営業している。

かつてドヤに住んでいた人達は、日雇いの労働者が主で、彼らが仕事前に風呂に入るためか、夜勤の人達が入るためなのかはわからない。

今ではドヤは生活保護受給者の住居が大半を占めている。後は改築や改装をして、安いホテルとして営業を続けていて、今はインバウンドの煽りでどこも盛況のようだ。

早朝から入る客は今でもいるから開けていると思うが、営業は休みなく、夜の十一時くらいまでやってるので、実質、通常の昼三時くらいから開く銭湯の倍の時間を稼働していることになる。

燃料費など大変な時代だが、今でも継続出来てるのは、それなりにお客さんが来ているからだろう。

近年はサウナブームで、この辺りの銭湯もお客は増えているはずだ。

自分もそのクチで、この辺りの銭湯にはよく来る。

すぐ近くに武闘派で鳴らしている暴力団の本家があるせいか、刺青の客も多い。

この喫茶店でよく見るひとりは、結構年配だが、金髪のソフトモヒカンで、背中には和彫が入っている。

どう見ても任侠のひとだとは思うが、その証拠はないんだよなといつも思う。かつて組に入っていて、今は堅気になっているかもしれない。堅気でも刺青を相当彫っているひとはいるので、よくわからない。

金髪のソフトモヒカンの彼が、サウナ室でタオルを持っていない青年に注意をしていたことがあった。

青年は首から足首までびっしり刺青が入っていて、只者ではない雰囲気だったが、細身で過敏で繊細そうな目をしていた。

ただ、注意されても「みんな、やってるじゃないすか」と全く怯まず、鋭い視線をソフトモヒカンの彼に向けて、じっとそのままでいる神経は、やはり堅気ではないのかもしれないと思った。

注意した彼は口調も穏やかで、どこかはわからないが地方のイントネーションが入っていて訛っていた。あまり怖そうではなかったが、隣に座っても会話したりはなかった。

自分みたいな小心者の初老の堅気は、イモにくらいしか見えてないんだなと思う。

モーニング・セットは食べ終えた。ママがまたお代わりのコーヒーを入れてくれた。「すみません、長居しちゃって」と言うと、「全然、ゆっくりしてって」と返され、スニーカーの色を褒められた。着物みたいな柄ね、と言われたが、こんな色合いの着物があるのか知らない。

西成の深部でもこの辺りでは、そう言えば、あまり大きな声で話すひとはいないような気がする。みんな物静かで穏やかだ。近くにある中年女性がひとりでやってる喫茶店も好きで、たまに行くけど、その女性も本当に静かで最低限のことしか話さない感じだ。

喫茶店、飲み屋、銭湯。まあそのくらいしか行かないけど、どこもそうだなあと改めて思った。

地元の大阪のひとがずっとやってる部分もあるが、やはり流れ者が多い場所なので、気安く口を開く感じではないのかもしれない。

追われてるひとと、色々事情があったひとが、たどり着く場所でもある。

そう言えば、少し前に、町内会の役員会議に出席した。班長の順番が回ってきて、面倒臭いけど、住民である限り逃れられない。

もうすぐ始まる夏祭りのことなどで、色々な話があった。寄付を集めなくてはならず、まず、班長から千円を寄付して欲しいなどと。これも嫌だけど、仕方がない。

今の街に越したのが、ちょうどコロナ禍が始まった年なので、しばらく夏祭りはなかったが、去年開催されて、その規模の想像以上の大きさに驚いた。

前に住んでいた東京は、夏は祭りがあちこちであり、大阪はそうでもないだろうなと思っていたが、この辺りは古い街なので、まだ町内会などが機能しているからだろうか。確かにお寺はあちこちにあるので、夏は祭りくらいはするだろうなあとは思う。

小一時間くらいの会議が終わろうとする時に、中年女性が手をあげて、「すみません、去年の収支を確認したのですが、支出の方が多いですね。前期繰越を活用してますが、これは町内会の貯金を取り崩しているということでしょうか？」と、この場に似つかわしくないやけに通る声で質問をして、七十を越えてそうな会長が「まあ、そういうことですわ」と答えたら、「それは今後のことを考えたら、よくないんじゃないですか？　赤十字社への募金、赤い羽根共同募金にそれぞれ三万円出してますが、二万円に減らしたりとか。あと、事務費のプリンター消耗品が三万円、総会資料作成費が二万円とありますが、こういう部分は実質の端数までの正確な金額を出すべきなんじゃないでしょうか？」と、たたみ込んだ。

「いや、えーと、ちょっと待ってくださいね。あとで、そっちに行って話します。とりあえず、今日は解散で！」

みんな今ひとつ、煮え切らない表情で解散した。自分の住んでる街は西成の隣の阿倍野という古い街ではあるけれど、最近タワーマンションも建ったりして、だんだん人種も世代交代と共に変わってゆくのかもしれない。そうすると、こういった町内会や夏祭りはコストが合わないという理由で、どんどん消滅していくのかもなあ、古い喫茶店がやっていけるのも時間の問題かもしれないと、ぼんやり考えていた。

そろそろ、店を出ようとしたら、年老いた男が入って来た。店の常連らしいが、片足が悪いのか、引きずっている。

ママが「ああ、はいはい」と言って、朝刊を渡す。

男は何も表情を変えず、何も言わず、そのまま新聞を受け取り、引き返して行った。

ただ、新聞を受け取りに来たらしい。

時間はもうすぐ正午を打つ。この時間に店を訪れ、新聞を受け取り、これから昼食を食べるのかはわからないが、ゆっくり新聞を読むのだろう。

男も年金で生活しているのだろうか。あるいは、生活保護だろうか。どちらにせよ、あの身体では仕事は難しく、基本は家にいる生活かもしれない。

狭い部屋で、喫茶店からもらった新聞を読む。そこには自分の足では行けない場所、それこそ地球の反対の場所のことまで、様々な記事が載っている。

それを読むことが、一日の中で唯一の至福の楽しみだとしたらどうだろう。
自分がそういう生活だったら、それを幸せと思うだろうか。
多分、思うだろう。
いや、わからない。
店を出たら、やけに明るく、暑くなっていた。

愛がなくなった街で

とても、不思議だけど、いつもお金はあるの。

家は古くて、狭いアパートで、お風呂もないけどね。

いつの間にか、ねこがやって来て、一緒に寝てくれる。

このねこも、何を食べているのか、わからない。朝から、どこかへ出かけて行って、夕方に帰ってくるの。

わたしは簡単な晩ごはんを買って来たり、作ったりして、夜に近くのお風呂屋さんには、毎日行くの。

お風呂屋さんなんて、行くのはここがはじめてで。

それまで、自分がどんな暮らしをしてきたのか、どこにいたのか、何にも覚えてないの。

センターのひとが来て、いろいろ聞いてきたけど、ほとんど何も答えられなかった。

自分の年齢もわからないの。

ただ、時々、週に一回くらい、男のひとがやって来て、小さな台所でごはんを作ってくれたりするの。

色々、おかずを作ってくれて、タッパーに入れてくれて。

その日は一緒にごはんを食べてくれて、後片付けもしてくれるの。

男のひとは、ほとんど話さないけど、わたしの話を聞いてくれて、時々、嬉しそうに笑ってくれるの。

この間、小さなラジオをくれた。

寝る前に、それで音楽でも聴いたら、と言ってくれて、いつも寝る前に聴いてる。

いつの間にか、ねこが布団に入ってきて、小さな寝息を立てたりして、しあわせそうな顔をしてるのを見ながら、わたしも、いつの間にか眠ってるの。

お天気がいい日は、お布団を干すのが好きで、お散歩に行ったりもする。

いつもスーパーや、お風呂屋さんくらいしか行かないけど、ちょっと遠くまで歩いて、公園へ行くのも好き。

あまり歩いたら疲れてしまうから、公園へ着いたら、まずベンチに座りたいの。

たまに行く公園は鳩がいつもいて、はじめはこわいなあと思ってたけど、よく見てみると、鳩さんも可愛いなあと思えてきた。

二羽で仲良くしているのを見てると、夫婦なのかなあと思ったりするのよ。

わたしにも、パパやママがいたはずだけど、ぜんぜん、思い出せなくて。

でも、きっと、たぶん、すごい優しくしてくれたと思うの。

それだけは、絶対と思うくらいに、はっきりわかるから。

でも、いつも同じ生活で、飽きないなあとも思うけど、なんだか、とても楽しい。

こんなに楽しい時間はあったのかなあ。

たぶん、はじめてかもしれない。

気づいた時は、身体のあちこちが痛かったし、夜、眠ってる時に、大きな声を出してしまって起きたり、落ち着かなかったけど、最近はぐっすり眠れてるし、身体もとても元気になってきたの。

男のひとが作ってくれるものは、とても美味しくて、今日は肉じゃがを食べた。甘くて、優しい味がした。

甘いものもわたしは好きで、時々近くの和菓子屋さんで、きなこ餅や、よもぎ餅、おはぎを買ってくる。お店のおじいさん、いつもニコニコしてくれて、好きなの。

でも、最近値上がりして、これからはあまり行かないかもしれないの。

自分でも、甘くて美味しいものを作れたらなあと最近思うけど、誰か作り方を教えてほしいなあ。

この間、男のひとが晩ごはんを作ってくれた日、夜からすごい雨が降ってきたの。風も凄くて、台風だったみたい。ラジオで聴いて、やっと知ったの。

男のひとはバイクで来てたから、大変そうで、家には布団がもう一組あったので、わたしの隣に布団を敷いて、寝ることにしたの。

外はすごい音がして、ねこは押入れの中で震えていて、アパートが吹き飛ばされそうだったけど、家に誰かが泊まりにくるなんてはじめてだったから、わたしは急に楽しくなってしまったのよ。

男のひとは、普段のお仕事で疲れてたのか、布団に入ったら、すぐ寝てしまった。

なんかおしゃべりしたかったから、ちょっと残念だった。

わたしはラジオをいつもより、少し大きくして、音楽を聴いていたら、男のひとが、寝言を言ってたの。

「おかあさん」って言ってたのを聞いた。

男のひとのお母さんのお話を聞いたことがないなあと思って、明日起きたら聞いてみようと思ったけど、起きたらそのことはすっかり忘れていた。

朝には、すっかり晴れていて、わたしが眠ってるうちに、男のひとは帰って行ったの。

毎日、毎日、同じ繰り返し。

こんな穏やかな暮らしは、きっとはじめて。今までのわたしは何をしていたんだろう、誰といたんだろう、本当の名前は何だろうって、ずっと考えてたけど、もう、いいやって思ってるの。

今は今で、いいの。

ねこがいて、時々男のひとが来て、ごはんを一緒に食べて、帰って行く。

これ以上のしあわせって、どこにあるのかしら。

本当に、そう思ってる。

中南海 1mg
ONE MENTHOL
中南海
1

あとがき

ケンエレブックスが運営する読みものサイトである「NeWORLD（ニューワールド）」の編集に携わっている金谷仁美さんから、「大阪の音楽小説を書いてみませんか？」とはじめに言われたんだと思う。

二十五年住んだ東京から大阪に転居したのはいいものの、育った北大阪とはまるで違う大阪市内南部での生活は、丁度コロナ禍とぶつかり、どうにも先の見えない日々だった頃、仕事を頂けるのは実に有り難かった。

ただ、街にもそんなに出れないし、ひとにも会わないし、ネタはたいして拾えない中、書けるのかなあと思いつつ、連載はスタートした。

締め切りなどなく、自分が書ければ金谷さんに原稿を送り、校正して貰ってサイトにアップされ、次の作品がアップされると、前の作品は消されるという流れだった。

原稿の内容についてや、次はどういうものを書いたらいいか等、金谷さんからは意見や提案は特になく、作業自体は良くも悪くもルーティンだった。何を書いてもボツにならないのは有り難いが、本当にこれで良いのだろうか。セルフ・プロデュースして、考えて書いてはきたが、今、まとめて読んでみたら、やっぱりよくわからない。「大阪の音楽小説」からは離れてしまったけど、でも、自分の書いたものはどこまでいっても「音楽」な気もする。

「小説」と銘打つと、どんなことも許される怖さもある。ある事実を書いて、誰かを傷つけても、「小説だから」と言えば逃げられる。全部、嘘ですよと言ってるようなものだから。

もちろん、その嘘が真実に迫り、真実を凌駕する時があるから、書いてるわけだけど。

いや、格好つけすぎた。

好き勝手書いてるだけ。

すみません。

ただ、ひとつだけ思っていたのは、世に出てる本や作品や様々なコンテンツにはないものを作ろうと思っていた。

センスやクオリティーやテクニックなんかより、ただ、しょうもないゴミのようなものだけど、何か捨てがたいもの。

でもそのゴミは、ちょっと汚い話で申し訳ないけど、実は昔の肥溜めのように、農作物の肥料になったりする。

そんなものが作りたかったし、そんなものが欲しかった。

最初に、Ｗｅｂで連載してたものを書籍化する話は頂いていた。五年で百話くらい書いて、そこからセレクト出来たらなんて思ってたけど、思ってた以上には書けなかった。

もっともっと書かねば、書きたいと思ったことはあった。

書籍化の編集は、ケンエレブックスの五十嵐健司さんとの作業になり、装丁は一九九六年からずっとぼくのＣＤや書籍、フライヤー等のデザインをやって貰ってる山田拓矢さんにお願いした。

家から一・二キロ、自転車なら七分ほどの場所にある銭湯が好きでよく行ってる。サウナが無料で入れるのも良い。週に何回かは一時間半ほど、そこで夜を過ごしている。

銭湯の帰りに楽しみがあった。

小さな美容院の前にねこがいた。

台があって、そこに小屋が置いてあり、その中で寝ていた。

冬は小屋にはカーテンも付けられ、中には毛布が何枚も敷いてあり、しっかり防寒されていた。毛布は小まめに洗濯されていた。

昔、実家で飼っていたねこに少し似ていた。

朝、通ると、美容院のおねえさんにブラッシングされていて、ねこは気持ち良さそうな顔をしていた。

普通に見ていたけど、ブラッシングされるねこなんてなかなか珍しいのではと思う。

美容院の周りには、ねこが何匹かうろうろしていて、おねえさんは彼らのごはんも用意していた。保護猫なのか、野良なのかはわからない。みんな大人しそうで、いい子だった。

ただ、小屋のねこは周りのねこたちとは遊んだりしてなかった。

台の上で、ひとり、のんびりと寝てたり、小屋の中で寝ていた。ほとんど動かないねこだった。

時々、恋人と来て、ねこと遊んでたら、通りすがりのおっちゃんが、

「こいつは家族がみんなさらわれてなあ。怖い思いしたみたいで、声が出えへんね。ほんで、デブってしまってなあ。耳をかいたら気持ちええみたいやで」と教えてくれたり、また、別の日に遊んでたら、ちょっと粋でスタイルの良いおばちゃんが、

「美容院の先生が、ちゃんとお世話してるから、こんなに綺麗でなあ。この子は町のアイドルやねん。名前は、まこ」とも教えてくれた。

美容院のおねえさんは、先生か。

先生とまこ。

寒い冬、銭湯であたたまった手を小屋の中に少し入れると、まこはすぐ出てきて、指を舐めてくれた。

ごはんの残りを確認して、残ってたら夜食として食べて、なかったらしょんぼりして、そこに佇んでいた。

背中をさすったりして、遊んだ。

今まで飼ってたねことも、こんなに仲良くなったことはなかったので、たまらなく嬉しかった。

時にはふざけて尻尾を触ったり、つかんだりもした。

さすがにまこは怒って、はじめて「にゃ！」と声を出した。普段、全く声を発しないので、驚いた。無口なだけか。可愛い声をしていた。

その場を離れる時、「じゃあな、またな」と声を掛けると、他に何かやってても、必ずこっちをしばらく見てた。

「あんた、また来てな」と言われてるような。

違うか。おかしな人間もいるんだなあと、思われてたのかもしれない。そんな目をしていた。

冬でも、凍えるくらいに寒い夜は小屋に近づいても出て来なかった。

丸くなって、寒さに耐えて必死で寝てるんだろうと思った。

そっと離れる時、このまま家に連れて帰りたいと何度も思ったりした。


今年の春くらいか、美容院の隣の空き地で工事が始まった。この空き地は適当に草も生えていて、まこや、この辺りのねこたちの遊び場、トイレにもなってたのではと思っていた。

何かが建てられようとしている。この辺りは民泊や、ゲストハウスが凄い勢いで出来ているので、きっと民泊だろう。夜になると外国人の若者が連れ立って賑やかに騒いでいるのが、日常の風景になろうとしていた。

銭湯帰り、まこに会うのが楽しみなのに、いない日が続いた。

おかしいし、さびしい。

昼間もいない。

よく、台の上で、ずんとした格好で寝ていたのに。

何があったんだろうか。

ある時、恋人が自転車で美容院の前を通ったら先生がいて、そこで話せて、色々聞いてくれた。

隣で工事も始まり、うるさいし、まこは十四歳で、もう歳なので、先生の家で過ごすことになった。

急にいなくなったので、店の前で泣いてるひとも何人かいた。

まこはまこのおばあちゃんに育てられた。おばあちゃんのそばを離れなかった。

母親はあまり子供を可愛がる気質ではなかったらしい。

そのおばあちゃんも母親もさらわれた。

まこも二回さらわれたが、命からがら逃げてきた。

ねこ癌を持っているが、長生きしてくれてる。

先生は「こんな子はいない」と言っていた。

先生は昔、ペットショップをやっていた。

今は家で、ずっと窓の外を見て鳴いてる。

後は殆ど寝ている。


そういうことか。

ちゃんと無事で良かったし、嬉しかったが、もう、まこには会えない。

いつかはこんな日が来るとは思っていたけど、こんなに早くに訪れるとは。

今でも、気づいたらまこのことを考えていたり、スマホに残っている写真や動画を見ていたりする。

まこは、ぼくのことを思い出したりはしてないんだろうな。でもまた会ったら、遊んでくれるかもしれない。

台の上にいて、近づくと慌ててくるりと背を向けてしまうのは、シャイなのではなく、背中を撫でてほしいからだった。

太っているように見えたが、一度だけそーっと抱っこしたら、案外軽かった。

思い出は尽きないけど、もっと思い出が欲しかった。

好きな銭湯も、帰りにまこに会えなくなってから、行く回数が減ってきた。

湯につかって、サウナで汗を流してから、一番好きなねこに会えるしあわせ。

もう、最高の時間は訪れない。

まこに聞いてみたいことがある。

凍えるくらい寒い夜、小屋の中でどんな夢見てた？

ぼくのこと、どんな風に見えた？

この町の人たちのこと、好きだった？

まこ。
まこ。
まこ。
ぼくは、まこのことしか、殆ど考えていない。
最後にだけ、本当のことを記したかった。

初出一覧

収録作品名とウェブサイト「NeWORLD」での公開日

赤い腕時計の女……2021年8月26日
タール一ミリのメンソール……2021年12月30日
再会……2022年1月31日
眠剤入りラーメンを食べながら……2021年9月27日
春寒の夜に想うこと……2022年2月28日
スラム街の悲しい目をした犬……2022年3月29日
寝物語……2022年4月29日
四文屋にて……2022年5月31日
二〇二二年十月三十日の夜……2022年10月31日
開かずのドア……2022年11月30日
神経精神科三階―22……2023年1月25日
多景湯にて……2023年3月3日
光明の街……2023年6月9日
無題……2024年1月10日
帰還……2024年2月21日
岸さん……2024年6月5日
雨宮さんのこと……書き下ろし
この駅にて……書き下ろし
モーニング・セットの後……書き下ろし
愛がなくなった街で……書き下ろし

豊田道倫（とよた・みちのり）
1970年、岡山県倉敷市生まれ。大阪府豊中市で育つ。1995年、パラダイス・ガラージ名義の『ROCK'N'ROLL1500』でCDデビュー。それから、ソロ名義等で多数のアルバムを発表。2020年、25年住んだ東京から、大阪市内に転居。自主レーベル「25時」でCD、ZINE等を発表。著作は『東京で何してる？』（2011年、河出書房新社）、『たった一行だけの詩を、あのひとにほめられたい』（2013年、晶文社）に続いて、3作目となる。

午前三時のサーチライト

2024年12月13日　初版第1刷発行

著者｜豊田道倫

編集｜五十嵐健司

装丁｜山田拓矢

組版｜孝学直、木原香苗

発行者｜石山健三

発行所｜ケンエレブックス
〒101-0064　東京都千代田区神田猿楽町2-1-14　A&Xビル4F
TEL：03-4246-6231　FAX：050-3488-1912
URL：https://kenelephant.co.jp/books/
E-MAIL：info.books@kenelephant.co.jp

発売元｜クラーケンラボ
〒101-0064　東京都千代田区神田猿楽町2-1-14　A&Xビル4F
TEL：03-5259-5376　FAX：050-3488-1912

印刷所｜株式会社シナノパブリッシングプレス

Printed in Japan　ISBN978-4-910315-47-8　C0093